FRIEDRICHSHAIN ANTHOLOGIE

Texte aus und über Friedrichshain

Herausgegeben von
Bjørn von Rimscha
Spunk Seipel
Nicolas Šustr

ISBN   3-8311-2457-4

© bei den Autoren
Titelbild: Martin Esche

Print on demand 2001

Eine Gemeinschaftsproduktion von
  galerie expo 3000
  Kopernikusstraße 1
  10243 Berlin
  www.expo3000.org
und
  Friedrichshain First!
  c/o Šustr, von Rimscha
  Warschauer Straße 27a
  10243 Berlin
  www.friedrichshainfirst.de

Herstellung: Books on Demand GmbH

Wir danken unseren Anzeigenkunden

INHALT

VORWORT

Eine Anthologie herauszubringen ist nicht unbedingt eine revolutionäre Idee, trotzdem schien es uns an der Zeit dafür zu sein, das literarische Schaffen von Friedrichshainer Autoren zu dokumentieren. Schließlich hat sich in den letzten Jahren in diesem Bezirk eine blühende Kunstszene entwickelt. Diese besteht nicht nur aus meist unkommerziellen Galerien, es finden auch in verschiedenen Kneipen und Clubs regelmäßig Lesungen statt.

Bis zu dieser Zeit hat sich Friedrichshain nicht unbedingt als Künstlerkolonie einen Namen gemacht. Daß der eher mediokre Dichter Johannes R. Becher einige Jahre an der Warschauer Brücke gewohnt hat, ist nun auch kein Pfund, mit dem man wuchern kann. In den zurückliegenden Jahrzehnten war hier eher die politisch-proletarische Komponente dominierend. Der (inzwischen einstige) Arbeiterbezirk hatte in der kommunistischen und später auch stalinistischen Bewegung eine fast schon mythische Bedeutung.

Er war bereits zur Zeit seiner Gründung 1920 ein Beispiel der unwürdigen Lebensverhältnisse des Proletariats, in Wort und Bild dokumentiert von Zille. Wenn man sich die damalige Einwohnerzahl von 400.000 vor Augen hält und mit den heute knapp 100.000 Friedrichshainern vergleicht, kann man sich die damalige Wohnsituation ansatzweise vorstellen. Dementsprechend charakterisierte die Vossische Zeitung den Bezirk 1929 so: »Der Berliner weiß vom Osten, daß bis zur Jannowitzbrücke etwa das Berlin reicht, das wir kennen und in dem wir leben. Dahinter beginnt eine fremde Stadt, es beginnt das, was der Bürger mit Gruseln als Unterwelt bezeichnet und sich von seiner Welt zunächst nur durch seine unentrinnbare Trostlosigkeit unterscheidet.«

Die nächsten Jahre waren auch vom Grusel gekennzeichnet. Saalschlachten zwischen Nazis und Kommunisten, die Tötung des später von den Nazis heroisierten Horst Wessel und die nach der Machterlangung 1933 erfolgte Strafe für den Bezirk, die Umbenennung in Horst-Wessel-Stadt. Interessanterweise findet sich dieser Name, der immerhin zwölf Jahre galt, nicht in der offiziellen Kurzchronik des Bezirks.

Nach der Befreiung und Besetzung durch die Sowjetunion widmete sich die SED zunächst sehr intensiv dem Bezirk: Die Häuser der Stalinallee wurden gebaut. An dieser Baustelle, dem »Grundstein des Aufbaues zum Sozialismus in der Hauptstadt Deutschlands, Berlin« (Walter Ulbricht) wiederum entzündeten sich die Proteste vom 17. Juni 1953, die sich einerseits gegen die höheren Arbeitsnormen andererseits auch gegen die Repression des aufgeblühten stalinistischen Machtapparates richteten. Brecht setzte sich im Gedicht »Die Lösung« kritisch mit dem Verhalten der Partei auseinander, zu veröffentlichen traute er sich das aber nicht.

Trotz allem waren die fünfziger Jahre die Blütezeit des Bezirks, die aber mit dem Bau der Mauer 1961 schlagartig endete. Man fand sich am Ende der sozialistischen Welt wieder, in einer seltsam peripheren Zentrumslage. In diesen Jahren ließ die SED den »Wachturm an der Warschauer Straße« besingen, der gegen den westlichen Imperialismus schützte. Der Abriß der Gründerzeitbebauung schritt voran, der komplexe Plattenbau nach dem von Nikita Chruschtschow Ende 1954 ausgegebenen Motto »Besser, billiger und schneller bauen« eroberte vor allem den westlichen Teil Friedrichshains und fand den letzten Höhepunkt in der Errichtung des Leninplatzes mit dem 18 Meter hohen und leider inzwischen abgerissenen Lenindenkmal, an dem – wie eine DDR-Publikation 1979 betonte – »stets frische Blumen liegen«.

Mit der sich verschärfenden ökonomischen Lage der DDR rückte die Sanierung von Altbauten stärker in den Vordergrund, wobei hauptsächlich die Warschauer Straße davon profitierte, was damit zusammenhing, daß sie Teil der Protokollstrecke für ausländische Staatsgäste vom Flughafen Schönefeld nach Mitte war.

Nach Mauerfall und Wende machte Friedrichshain durch Hausbesetzungen und Straßenschlachten von sich reden, während alle Industriebetriebe im Bezirk schlossen, deren imposante Gebäude abgerissen wurden oder inwischen mehr oder minder erfolgreich an die »New Economy« als schicke Lofts vermietet werden. Im Moment steht Friedrichshain, von Spiegel und Zeit seit Jahren als Szenebezirk hochgejubelt, an einem kritischen Punkt. Die Brachflächen rund um die Eisenbahn und an der Spree werden in einigen Jahren bebaut sein, das postapokalyptische Bild, das sich momentan noch beim Blick von der Warschauer Brücke bietet, gehört bald der Vergangenheit an. Damit wohl dann auch die günstigen Mieten, zumindest im südlichen Teil des Bezirks. Es wird sich zeigen, ob Maßnahmen wie das Quartiersmanagement Boxhagener Platz, die den Kiez für »einkommensstärkere Bevölkerungsschichten attraktiver« machen sollen, in ein paar Jahren die Vitalität zerstört haben. Die Gentrifizierungstendenzen sind gerade im Bereich der Simon-Dach-Straße deutlich spürbar. Immer neue Cocktailbars eröffnen, die sich nur noch in der Wandfarbe unterscheiden. Auch das Publikum wird braver. Es bleibt zu hoffen, daß der Bezirk nicht auch bald zur »Neuen Mitte« gehört.

Auf unseren Anfang des Jahres veröffentlichten Aufruf, Texte für die Anthologie einzureichen, erhielten wir über 70 Einsendungen, eine Zahl, mit der wir nicht gerechnet hatten. Erfreut hat uns auch die Altersspanne der Autoren, sie sind zwischen 21 und 71 Jahren alt, also nicht nur die in der Berichterstattung fast ausschließlich vorkommende Gruppe der Studenten, die hier billige Wohnungen gefunden haben. Dies entsprach unserer Hoffnung, zumindest altersmäßig einen wirklichen Querschnitt der Literaten zu repräsentieren. Die Auswahl der Texte erfolgte dann nach künstlerischen Gesichtspunkten und nicht nach Quoten.

Bei der Auswahl der Texte haben wir uns von Literaturwissenschaftlern und Komparatisten beraten lassen, um die fachliche Komponente nicht zu vernachlässigen. Die 34 ausgewählten Autoren haben eine große Bandbreite von Textarten verfaßt, neben Gedichten auch kleine Krimis, Reportagen, Märchen usw. Die große Fülle an Genres bietet wirklich jedem etwas.

Erfreulich war die Qualität der Texte, die Autoren haben es auf den maximal drei DIN A4-Seiten, die wir dem Einzelnen zugestanden haben, um möglichst viele vorzustellen, geschafft, eine dichte Atmosphäre entstehen zu lassen; man wird regelrecht in den Bann gezogen und wünscht sich, von dem einen oder anderen mehr zu lesen. Das war auch eines der Ziele der Anthologie, Appetit zu machen auf mehr, die Autoren anzuspornen und ihnen ein Forum zu geben. Deswegen findet sich auch im Anhang die Kontaktliste und wir würden uns wünschen, daß rege von ihr Gebrauch gemacht wird.

Obwohl es nicht Voraussetzung für die Aufnahme in dieses Werk war, schreiben viele über den Bezirk, ihre Eindrücke und Beobachtungen, die sie hier machen. In diesen Texten finden sich drei Motive, die wohl recht typisch für Friedrichshain sind, wieder. Knapp gesagt sind es Sanierung, Suff und Hundescheiße. Was zeigt, daß es sich trotz andauernden Aufwertungsversuchen im Berliner Vergleich weiterhin um einen recht armen Bezirk mit eher ruppigem Charme handelt.

Gleichzeitig bietet Friedrichshain gerade durch die ökonomische Misere einen großen

Freiraum und (noch) viele Möglichkeiten, sich auszuprobieren. Es gibt zwar nicht mehr den Spielraum, der in den Jahren nach dem Zusammenbruch der DDR und vor der Durchsetzung bundesrepublikanischen Behördenalltags da war, im Vergleich zu Westdeutschland aber auch vielen Westberliner Bezirken ist er aber immer noch ungemein größer.

Bevor wir zu den eigentlichen Texten kommen, möchten wir als Herausgeber uns noch vorstellen.

Spunk Seipel gehört die Galerie expo 3000 in der Kopernikusstr. 1, die es nun seit fast zwei Jahren gibt. Mit ihr erprobt er ein neues Austellungskonzept, in dem er wöchentlich donnerstags mit einer Vernissage neue Kunst präsentiert. Die Galerie ist dabei ein unkommerzielles Experimentierfeld für junge Künstler aus aller Herren Länder.

Friedrichshain First!, wohinter sich Nicolas Šustr und Bjørn von Rimscha verbergen, ist etwas zwischen inoffiziellem Fanclub und politischer Initiative von Friedrichshain, die sich im Prinzip dafür einsetzt, daß alles so bleibt wie es ist, aber noch ein bißchen lustiger wird. Um eines gleich zu klären: Wir haben nichts gegen Kreuzberg!

Friedrichshain First! gibt es seit Oktober 2000, hat aber schon konkrete Ziele: Neben vielem anderen wünschen wir uns eine Brauerei im Bezirk und den Fernsehturm auf den Bersarinplatz. Nicolas Šustr wird auch bei der Wahl zum Berliner Abgeordnetenhaus kandidieren.

Die Galerie expo 3000 und Friedrichshain First! kooperieren eng und haben im Februar 2001 bereits gemeinsam ein Kinderbuch mit dem Titel »Pussi, Puffi und Schwullek haben Hunger!« herausgebracht.

Zu guter letzt möchten wir uns noch bei allen bedanken, die zur Herausgabe des Buches beigetragen haben. Neben den Autoren war dies der Fotograf Martin Esche, der die Fotos für das Titelbild machte, die fachlichen Berater und natürlich die Geschäfte, die uns durch Anzeigen unterstützt haben.

Und nun viel Spaß beim Lesen!

Die Herausgeber

Daniel Emerson Aldridge

LIEBE IST IM ZENTRUM DAVON

EINE WEIHNACHTSGESCHICHTE

»Geliebter Jan –
Ich bin immer noch erfüllt von diesem Glücksgefühl. Den ganzen Tag hab' ich traumselig
und dämmertrunken verbracht, meine Arbeit getan, ohne nachzudenken. Ständig
schwelgte ich in der Empfindung, noch deine Lippen auf den meinen zu fühlen, noch
immer dich in mir und mich in dir zu fühlen, immer noch deinen Geruch auf meiner
Haut zu riechen... Ich vergesse alles in diesem rasenden Taumel, alles, was ich früher
wollte.

Früher wollte ich einen Roman schreiben über Engel – mit dir zusammen übrigens,
deinen Träumen und Vorstellungen, und meinem Gefühl für dramaturgisch effektvoll
gesteigerte Textcollagen. Zusammen sollten wir das Buch schreiben, das die Menschen
den Engeln gleich machen soll. Doch all diese Pläne versinken im Ozean der Sinnlosig-
keit. Nichts ist wichtig, nur daß ich von dir träume und dabei nichts versäume...

Die Wirklichkeit verschmolz mit meinem Leben zu einer netten Nebenerscheinung
hinter der farbigen, duftenden und sinnlichen Welt deines schlanken, kleinen, weichen,
goldenen Körpers auf dem meinen, deiner leuchtenden grünblauen Augen nahe den
meinen, deiner zarten Lippen auf den meinen, deiner zärtlichen Hände mit den meinen, deiner liebevollen Worte. Es wird keine Sekunde mehr geben ohne dieses Glücksgefühl. Von jetzt an wird kein Tag sein wie der andere...«

Jan konnte nicht weiterlesen – dieser Brief, den er in den Händen hielt, war siebzehn
Jahre alt, so alt, wie er selber gewesen war, als er ihn bekommen hatte. Seit zehn Jahren
hatte Jan nichts mehr von Philipp gehört, der irgendwo in München lebte, und er hatte
auch nur noch eine Telefonnummer von ihm, die längst nicht mehr stimmte. Vielleicht
die Auskunft, aber..., aber das war ein soo Großes und inzwischen auch trauriges ABER.
Nach so vielen Jahren.

Immerhin war es Jan gewesen, der Philipp verlassen hatte, und das wegen Tobias, dem
süßesten Jungen von ganz Unterelldorf, der ihm fünf Wochen später gesagt hatte, er
ginge jetzt mit Marian aus der Würzburger Jugendgruppe. Und so war alles weitergegan-
gen, von einem melodramatischen Liebesroman zum nächsten.

Kein Tag wie der andere, so war ihr Motto gewesen. Inzwischen war jeder Tag wie der
andere - keine Abwechslung, keine Höhen und Tiefen, nur eine seit Jahren währende
Zufriedenheit, die von Tag zu Tag unerträglicher wurde. Jan kompensierte die Frustrati-
on durch übermäßigen Genuß von Schokoriegeln und qualitativ äußerst bemängelns-
werten Käsecroissants, die es an jedem dritten U-Bahnhof zu kaufen gibt. Und er haßte
sich, weil er fetter und fetter wurde, während er hemmungslos schlemmte, wenn er sich
wohl fühlte, bzw. *damit* er sich wohl fühlen konnte.

Der Berliner Winter ist die Zeit des Jahres, in der es sich wirklich zu leben lohnt in
dieser Stadt. Jan sagte dies nicht aus Masochismus, weil er Vergnügen empfand, irgendwo eine halbe Stunde auf den Nachtbus zu warten, und dann noch mal anderswo eine
Viertelstunde auf den Umsteiger – sondern weil sich seine Persönlichkeit in jenen Mo-
menten der unglaublichen Kälte auf ungeahnteste Weise entfaltete. Sinfonien wurden
komponiert in diesen herrlich existenzialistischen, einsamen Nachtstunden, Spielfilme

inszeniert, Romane geschrieben – alles nur in der vergänglichen Schönheit der gedachten und wieder verflogenen Gedanken... Werke, die von seltsamer Schönheit sind, weil sie den Existenzialismus und das Wunderbare des Lebens in sich symbolisch verinnerlichen, und die Klarheit des Sternenhimmels, der im Sommer stets dunkelbraun verklärt ist über dem schmutzigen Berlin... Außerdem verfliegen die Gestänke des Sommers in dieser herrlich klaren, kalten Luft.

Erst war Jan am Montag, den 14. Februar 2000, krank geworden, so daß er nicht zur Arbeit gehen konnte, dies hatte er derart genossen, daß er sich zur Erholung sieben Filme hintereinander auf der Berlinale ansah, dann war er seit ewigen Zeiten mal wieder auf einer Party gewesen bei seinem besten Freund Ratte, seiner ewigen Haßliebe, hatte am selben Nacht einen LSD-Trip genommen und Robby kennengelernt, den süßesten Skinhead der Welt, durch die Zunge gepierct und anderswo auch, Jan wußte später nicht mehr alles davon... Robby sah so aus wie der Typ in Boxershorts und Springerstiefeln von der SIEGESSÄULE-Weihnachtspostkarte, der fragt »Gibt's Geschenke?« Nein, er *war* der Typ von der Postkarte!

Auch Kalamariah und Günther waren auf der Party – das katastrophale, infernale, alle melodramatisch-tragischen Liebesschmonzetten übertreffende, in ewiger Abhängigkeit nicht voneinander loskommende Heteropärchen (Klammer auf: den mit unerotischen Seefahrertätowierungen übersäten Günther verschlägt es mit erschreckender Regelmäßigkeit in die Saunen und Darkrooms der Stadt, während die stets überkandidelte und nie exaltiert-sexistisch genug gekleidete Kalamariah auf jeder Technoparty im Ostgut mit irgend'nem Typen auf dem Klo verschwindet. Zuhause schwärmt sie von Rondo Veneziano und ihrem shetlandponygroßen Dalmatiner namens Trotzki. Klammer zu). Sieben Trennungsdramen zwischen Günther und Kalamariah hatten Jan und Ratte nun schon durchgemacht – und bei jeder neuen, glücklichen Wiedervereinigung knirschten sie mehr und mehr mit den Zähnen.

Auf Rattes Party hingegen verlief alles zivilisiert. Zunächst ein Fünf-Gänge-Menü. (Champagner, Hirschbraten, eine Mousse au Chocolat, alles, was so dazu gehört. Es gab eben diesen Grund, warum Jan Ratte immer noch liebte, und das, nachdem sie sich vor sieben Jahren in Saint-Tropez äußerst dramatisch voneinander getrennt hatten: Ratte blieb stets originell und stilvoll zugleich... Irgendwann jedoch grölten Ratte und Kalamariah hemmungslos mit bei »Skandal im Sperrbezirk«, bis Ecstasy-Dealer Ottokar aus Indigniertheit über dieses grobschlächtige Proletarierverhalten Ratte eine Suppenterrine an den Kopf schleuderte. Später ließ er erstaunt verlautbaren: »*Ich weiß gar nicht, was über mich kam!*« Jan wehrte sich mit unglaublicher Vehemenz gegen die Feststellung, daß es nur ein gutes Lied von David Bowie gäbe. In Wirklichkeit gäbe es unendlich viele.

Irgendwann lag ein unglaublich fetter Skinhead namens Lumpi nackt & schnarchend auf dem Biedermeiersofa. Jan und Robby hingegen lagen zu diesem Zeitpunkt schon allein in Rattes Bett. Kurz bevor sie den gemeinsamen LSD-Trip genommen hatten, da war diese Ebene des gegenseitigen Verstehens und der Vertrautheit entstanden. »Ich kann diese Wirklichkeit nur mit Drogen ertragen«, hatte Jan gesagt – sicherlich ein nicht ganz korrekter Satz, da er seit Jahren berufstätig war und sein Sekretärsdasein ohne Drogen trotzdem einigermaßen zufrieden verlief. Aber was heißt das schon – zufrieden. »*Glücklich*« wollte Jan sein. Glücklich so wie früher, als er den Brief von Philipp bekommen hatte. Und auch Robby wollte »*glücklich*« sein. Mit vierzehn Jahren war er, so erzählte er zumindest, auf den Strich gegangen am Bahnhof Zoo – und Jan liebte ihn sofort, als er dies gesagt hatte – Jan liebte die verwahrlosten Seelen der Jugend, die sich jeden inneren Halt versagten und ihr Leben hemmungslos auslebten, um jeden Preis, und nur mit LSD war das Leben schön und erträglich für sie. Kann es etwas Schöneres geben als diese Gleichzeitigkeit von Surrealismus und dem Gefühl der körperlichen Sinnlichkeiten, die Einheit von ästhetischer Stilisierung und dem Spontanen – die Symbiose von Gewalt und Pazifismus?... Wieder zwei Engel sein, die beieinander liegen, in Ekstase schwelgend.

Als sie fertig waren, meinte Robby irgendwann: »Ich glaube, das wird nichts mit uns beiden.« Und das war es dann. Die Party des Jahrtausends war zu Ende.

In Windeseile war Robby unten durch bei allen. Angeblich war er einer von diesen durchgeknallten Typen, die nur ständig Drogen nehmen und auf Parties gehen, jedoch ansonsten in ihrem Verhalten sehr unzuverlässig sind und nicht mit Menschen umgehen wollen, sondern sie bloß ausnutzen. *Eine richtige kleine Schlampe, dieser Robby.* Und Jan wußte, daß er ihn liebte, gerade, weil er so verrückt war. Er sehnte sich nach ihm.

Jedoch, da er unten durch war bei allen, sah ihn Jan nie wieder – allerdings hatte er sich Robbys Adresse bei Ratte heimlich von einem Zettel abgeschrieben, Rigaer Straße 7. Doch als er ihn besuchen wollte, war dort, wo das Haus hätte sein müssen, überhaupt nichts außer einem verwilderten Grundstück. Jan fand dies stimmungsvoll und passend. Jetzt hatte er noch die Telefonnummer, aber Robby wohnte angeblich noch bei seinen Eltern. Ein dreiviertel Jahr lang rief Jan nicht an. Jetzt lohnte es sich auch nicht mehr.

Jan wanderte einsam durch die Straßen, still und fremdartig fühlte sich alles an. Hinter manchen Fenstern dunkles, blaues Flimmern. Aus Cafés und Kneipen drang Musik. Alle waren betrunken, es gab keinen Menschen in dieser Stadt, der sich um Jan Gedanken machte. Alle hatten zuviel mit sich selbst zu tun. Was für eine Kälte, mit der wir Menschen uns umgeben, dachte Jan... Nur die polierte Oberfläche zählt... Die Leute sehen sich nicht an. Würden sie es tun, wären sie aufdringlich, weil sie dich nicht in Ruhe lassen. Menschlichkeit ist schwer zu finden in dieser Stadt.

Jan dachte: Wie kann ich überleben in dieser Stadt – oh well, nur wenn ich es will. In dieser Welt voller Gewalt und Gemeinheiten werde ich nicht vergehen. *You gotta keep an open mind.* Hab' dein Herz offen für diese Welt... Und laß dich nicht in den Abgrund fallen. Er dachte es so oft, immer wieder, aber wie schwer war das manchmal... Wie Schatten, die auf die Seele fielen, vergingen manchmal Tage, in denen er nicht nachdachte, und wenn er mit seinem Namen irgendwas unterschrieb, dann fragte er sich gelegentlich, was das war, diese Person, JAN WOLFSMILCH, ja früher mal ein fröhlicher Junge mit viel Sonne im Herzen, wie Jan von Nebenan, schon so lange nicht mehr...

Gott beschützt dich, versprachen ihm die Leute, die gelegentlich vorbeikamen oder am Jahrmarkt schlechte Musik machten, er lächelte milde. Er war weiterhin auf dem richtigen Weg, soviel wußte er noch. Es gab in ihm die Stimme, die »JA« oder »NEIN!« sagte. Er hatte noch die Kontrolle über sich und sein Leben. Er würde sein Leben nicht wegwerfen, im Gegensatz zu all den Leuten, die Jan gerne noch um sich hätte, die er vermißte wie nichts auf der Welt.

»Oh ich weiß, meine Eltern werden immer zu mir stehen, wenn ich in einer kritischen Phase bin, weil sie mich lieben und ich bin bei ihnen willkommen bin. Es macht mein Leben leichter, weil ich so mit den Dingen besser klarkomme« Manchmal, wenn er das sagte, war ihm gleichzeitig zum Platzen zumute, er wollte schreien vor innerer Zerrissenheit. Was hieß das schon, wenn man niemanden im Leben hat außer den Eltern?

Es war Zeit, zum Weihnachtsfest zu gehen. Schon 1923 hatte Emil Szyttia geschrieben: »Die Homosexuellen haben eine große Vorliebe für Weihnachten. Am heiligen Abend werden diese ausgestoßenen Menschen sehr sentimental, die ganze Traurigkeit ihres Lebens kommt ihnen zum Bewußtsein, und das Café Mikado hat jahrelang an jedem Weihnachten Feste arrangiert, wo unter dem Weihnachtsbaum Herren in Damenkleidern religiöse Lieder sangen.«

Bei Ratte Zuhause waren Kalamariah, Günther und Ottokar, dazu exquisite Weihnachtsplätzchen, Kipfel, Zimtsterne und kleine Pralinés. Ein Rehbraten brutzelte im Ofen, für Jan gab es ausnahmsweise sogar eine vegetarische Sauce zum Broccoli, und nicht nur die Brühe aus dem Fleischtopf. Jan schenkte Ratte ein Buch von Jean-Paul Sartre »Die Kritik der dialektischen Vernunft«. Jan schenkte Kalamariah einen Spiegel, der in einen blauen Holzmond eingefaßt war. Ratte schenkte Jan ein Glas selbstgemachter Karottenmarmelade, die ganz dezent mit Cardamom gewürzt war.

Später stand Ratte neben dem Baum dann und spielte auf seiner alten Trompete, früher war er Bläser im Klagenfurter Blasorchester gewesen und hatte einmal voller Stolz ein Stück von Tomasso Albinoni ohne Fehler gespielt. Dies liegt dreizehn Jahre zurück, aber es reicht heute noch immer für ein Weihnachtslied. Jan war glücklich über diese absurden, unsentimentalen Beglückungen. Irgendwann dachte er: »Was soll's«, sagte zu Ratte »Ich muß mal bei dir telefonieren« und wählte die Nummer. Hallo. Ist Robby da? Hier ist Jan, ein Freund von Robby. Ja, ich bin's, Jan, jaja, *der* Jan, wunder dich nicht. Mir ist gerade so **nach dir** zumute, wenn ich dich nicht störe... *Gibt's Geschenke?*... Ja klar kenne ich die, die heb' ich auf... Ich wollte nur sagen, laß dich nicht unterkriegen und feier' noch schön... Ja, und laß uns doch mal ausgehen zusammen, OK? Ich lad dich ein... Wir müssen ja nicht gleich heiraten... OK ? ... Ja prima, dann rufe ich dich an... Ja... Mach's gut... Ja... Du bist auch ein Schatz.« Nachdem Jan den Hörer aufgelegt hatte, durchtoste ihn ein brandender Aufruhr, und er dachte wie aus heiterem Himmel an Philipps Brief. Kein Tag soll sein wie der andere, hörte er ihn in Gedanken sagen, und er dachte »Morgen rufe ich die Auskunft an. Ich mache es wirklich«. Frohe Weihnachten, Philipp, dachte er noch, leise, nur für sich alleine, dann ging er zurück zu den anderen...

Hyazinth Ebner

Die Sache war also folgende: Seit gut drei Monaten schrubbte ich mir jede Nacht in Gedanken an Belinda meinen kleinen Stummelschwanz wund und ich kann nicht behaupten, daß er davon größer wurde. Im Gegenteil. Er schien jetzt wirklich bald unter die magische Grenze von 6 cm zu schrumpfen. So ging es nicht weiter: Ich mußte wieder ein Mann der Tat werden. Dabei besuchte ich fast jeden Abend in den letzten drei Monaten meinen alten Freund Daniel, um mit ihm Wodka-Birne zu trinken und zu hoffen, daß seine Mitbewohnerin Belinda bei ihm im Zimmer mal vorbeischauen würde. Wenigstens für kurz. Ganz kurz. Länger ist natürlich besser, obwohl ich dann – sonst nicht gerade auf die Fresse gefallen – immer stumm und dumm wie ein Fisch herumsitze und meine Augen nicht von ihren breiten Hüften lassen kann. Sie muß mich für den bescheuertsten Typen der Welt halten, weil ich immer bei Daniel mit einem Wodka in der Hand sitze, nichts sage und so schreckliche Glubschaugen habe. Aber ich finde diese schwabbelnden Fettmassen einfach zu geil. Noch nie habe ich so eine Masse Mensch bestiegen und ich stelle mir immer vor, wie es ist, meinen Kurzen zwischen ihre speckigen Schenkel zu vergraben. Tief werde ich nicht kommen, das ist klar, aber das ist gerade der Reiz. Ich will ihr den Schweiß und den Dreck aus den Hüftfalten lecken und mit meinem längsten Finger auf Exkursion in ihrem Bauchnabel gehen. Den Dreck von Jahren zu Tage fördern und ihn gemeinsam mit ihr schlecken. Das ist, was mich herumtreibt, mich beschäftigt. Mein Tag- und mein Nachttraum. Seit drei Monaten. Seitdem ich sie zum ersten Mal bei Daniel gesehen habe. Aber so viel Daniel auch versucht, uns beide zusammenzubringen, so wenig klappt es. Gefangen von meinen sexuellen Wünschen, kann ich nicht das kleinste Gespräch mit dieser Venus von Friedrichshain führen. Einmal zum Beispiel schwärmte sie mir von den späten Schriften Wittgensteins vor. Ich lief natürlich am nächsten Tag gleich durch alle möglichen Buchläden, um Bücher von ihm zu klauen, und dann ein Gespräch mit ihr führen zu können. Ich habe sogar die Bücher gelesen! Aber am nächsten Abend, als ich sie wieder sah, brachte ich nur ein klägliches ›ärchz‹ heraus und Daniel verdrehte nur die Augen. Er hat auch schon versucht, mir andere Frauen schmackhaft zu machen. Ging mit mir zu ›Gittis Dickendisco‹ nach Neukölln, verbrachte mit mir die Abende bei den Weight Watchers, weil da ja auch Fette sind, und wollte mich zu einem Ausflug zu Molly Luft überreden. Aber keine war mir recht. Die eine transpirierte nicht genug, die andere hatte noch alle Zähne im Mund und die dritte hatte keine Gesichtsakne. Das ist nichts, sagte ich immer zu Daniel, die haben keinen Reiz, die Mädels. Fett allein reicht nicht. Außerdem: Liebe kann man nicht ersetzen. Daniel stöhnte wieder nur auf und dachte daran, daß er ja auch gerne mal wieder abends allein sein wolle, in seiner eigenen Wohnung. Aber wozu habe ich denn Freunde? Die Situation war also ziemlich verfahren, mein Pimmel war statt mit Vaseline mit Bepanthen eingecremt, mein bester Freund begann mich zu hassen und ich war zu blöd, Belinda zu bequatschen. In der Not kam mir ein Gedanke: Ich sollte gar nicht erst versuchen zu reden, sondern ganz auf meine körperlichen Reize setzen. Natürlich hätte ich mir gerne BELINDA auf die Brust tätowieren lassen, aber da standen ja schon rechts in einem großen roten Herz YASMIN und links, von Schwalben umflogen und Rosen umkränzt, MICHAELA. Ich glaube, Belinda ist eine Frau, die das nicht so einfach versteht, wenn sie in der Mitte von den beiden anderen Mädels Platz gefunden hätte. Und sonst war kein Platz mehr auf meinem Körper übriggeblieben, zwischen all den Schlangen, Adlern, Totenköpfen und Kampfhunden. Aber eben diese – die Kampf-hunde – brachten mich auf die Idee, mich einfach mal um Belindas Hund zu kümmern. Daniel jammerte mir sowieso dauernd vor, daß er in seinem Bett ständig die Haare von dem Köter hätte und dieser auch hin und wieder in die Wohnung pisse. Ich dachte mir einen Plan aus, der mir eine klassische Heldenrolle zukommen lassen würde. Ich wollte den Hund entführen, Belinda verzweifeln lassen und dann als Finder sie vormittags, wenn Daniel seinen Hauptschulabschluß nachholt, mit dem Hund überraschen. Der bislang verkannte Retter des kostbarsten Schatzes, den die Frau besitzt. Aus Dankbarkeit hätte sie mich umarmt, mich geküßt und schließlich hätte ich ihre rissige Hornhaut an den Fersen geknabbert. Schnell hatte ich heraus, wann Belinda aufsteht – in der Regel nie vor 13 Uhr – und wo sie ihren Köter gassi führt – an der Revaler Str. auf dem Hunde-platz – läßt sie ihn laufen und dreht sich dann einen Joint oder säuft eine Pulle Rotwein. Das war meine Chance, denn beim Kiffen achtete sie nie auf ›Blacky‹. Ich klaute einfach bei Kaiser's eine Hundeleine und stellte mich hinter einen Busch auf den Platz. Lange mußte ich nicht warten, da sah ich schon, wie Belinda ihren fetten Arsch neben einen Schwarzen in den Sand plazierte und die beiden miteinander reden und lachen und sich eine Riesentüte zusammenbauen. Bald kam ›Blacky‹ an meinem Busch vorbei und ich zückte eine Wiener. Der Hund kam sofort angerannt, denn er schien nicht so glück-lich als Zwangsvegetarier zu sein. Während er die Wurst herunterschlang, leinte ich ihn an und zerrte ihn dann weg von den Resten der Wurst und fort von dem Platz zu mir nach Hause, nicht ohne mich immer wieder umzudrehen und zu sehen, ob mir jemand folgt oder gar Belinda mich sieht. Ich bin sicher, keiner hat mich bemerkt und ich gebe zu, ich war mächtig stolz auf mich. Noch nie hatte ich einen Hund entführt und ich machte ein weiteres Strichchen auf meiner ›must do before be 30‹-Liste. Gut, da mogelte ich ein wenig, denn ursprünglich hatte ich schon an eine Menschenentführung gedacht, aber ich konnte sowieso nicht mehr alles schaffen, in den nächsten vier Jahren, dachte ich mir. Man wird halt im Alter pragmatisch und kompromißbereit. Der Hund pisste mir als erstes meinen teuren Kelim von Mitte des 19. Jahrhunderts voll. Das kotzte mich echt an. Ich hatte mein ganzes Taschengeld als 17-jähriger dafür hergegeben und meine Oma noch dazu beklauen müssen, um diesen wundervollen Teppich kaufen zu können. Also setzte es erst einmal deftig Prügel. daß der Hund gleich bluten würde, konnte ich ja nicht ahnen. Aber es wurde eh Zeit, mal bei Daniel und Belinda vorbeizugucken. Erwar-tungsvoll saß ich bei Daniel auf dem Sofa, verschüttete auf die rote Auslegware ein bis-schen Wodka mit Birne und hörte mir seine Vorträge über Pädophilie im Raumschiff Enterprise nur mit halbem Ohr an. Endlich ging die Tür auf und Belinda kam rein. Sie nickte mir sogar kurz zu und ihr wundervolles Doppelkinn wippte drei-, viermal nach. Ich brachte nur ›ärchz‹ heraus und sie beachtete mich nicht weiter, sondern setzte sich neben Daniel auf das Sofa, das nun auch ein ›ärchz‹ ablieferte, und erzählte ihm, das ›Blacky‹ heute weggelaufen sei. Daniel war schon voll gespieltem Mitleid und ich über-legte krampfhaft, wie ich sagen könne, daß ich ihr gerne bei der Suche helfen wolle. Mein Gott, warum ist sie keine Polizistin, dachte ich mir, dann könnte ich ihr alles mög-liche vorschleimen. Bullen belüge ich doch mit links. Da hörte ich sie sagen: »Aber es ist gar nicht so schlimm, wenn er nicht wieder auftaucht, ich wollte ihn ja sowieso loswer-den, da ich doch jetzt schwanger bin.« Ich hörte nur noch Daniel ein entsetztes »Was?« rufen, dann war mir schwarz vor den Augen. Als ich wieder aufwachte, war es Vormittags. Frustriert und alleingelassen ging ich nach Hause. Belinda konnte und mußte ich mir wohl endgültig abschreiben. Aber dieser Köter zu Hause, der machte mich jetzt richtig krank. Ich mußte ihn loswerden. Natürlich hatte er schon alles vollgeschissen, als ich in die Wohnung kam. Ich nahm ihn, schnürte ihm sein Maul zu und band seine Beine fest, überlegte, ob ich ihn als Ersatz für Belinda ficken sollte, entschied mich aber dagegen, sondern steckte ihn in eine Lidltüte und ging damit zur Oberbaumbrücke. Ein bisschen ärgerlich war schon, daß er noch manchmal zappelte. Aber mein Herz klopfte ja auch noch, wenn ich an Belinda dachte.

Inka Engmann

WOLF?

Der gelbschwarze Hund tobt durch den Schnee, er lässt sich fallen und wälzt sich in den weißen Wogen, er springt wieder auf und schüttelt ein Flockenmeer aus seinem dichten Pelz. Er hüpft im Kreis, beisst in den Schnee. Seine schwarze Nase ist voller weißer Punkte, sein Schwanz wirbelt wie ein Hubschrauberrotor. Da soll mir mal einer erzählen, Tiere könnten nicht lachen. Mein Hund tobt im Schnee und lacht, seine Augen, seine weißgesprenkelte Nase, sein wirbelnder Schwanz - der ganze Hund ist ein einziges Lachen. Wir laufen durch den stillen, verzauberten Wald und genießen die Einsamkeit. Leider wird sie abrupt unterbrochen, als ein Mann an uns vorbei joggt. Er sieht erst meinen Hund, dann mich entgeistert an. »Das ist ja 'n Wolf!« ruft er. Er ist nicht der erste, der mir das sagt. Ich habe noch nie einen Wolf gesehen, höchstens im Fernsehen. Der war aber grau. Mein Hund hat gelbschwarzes, dichtes, weiches Fell, einen buschigen, meist nach oben gebogenen Schwanz wie ein Husky und eine Maske im Gesicht. Welche Rassen sich in ihm vereinen, weiß keiner. Ich weiß nur, dass er aus der Ukraine stammt. Dort leben noch Wölfe. Vielleicht war ja einer seiner Vorfahren… Schließlich fahre ich in den Zoo. Im Zoo gibt es Wölfe, nur ihretwegen bin ich hier. Gespannt suche ich sie. Es ist früh am Tage und ich bin fast allein im Zoo. Tiere sehe ich kaum, den meisten ist es wohl zu kalt draußen. Aber Wölfe lieben Schnee. Endlich sehe ich das Freigehege. »Osteuropäischer Wolf« steht dran. Ich laufe um das Gehege herum, und dann sehe ich sie endlich. Es sind zwei, sie liegen faul im Schnee herum. Mir bleibt fast das Herz stehen - gelbschwarzes Fell, buschige Schwänze… Sie sehen genau so aus wie mein Hund! Vor Aufregung hüpfe ich vor der Absperrung hin und her, und da heben die Wölfe ihre Köpfe und gucken mich an. Ich sehe ihnen lange in die Augen, und dann bin ich ganz traurig. Ich drehe mich um und gehe nach Hause. Aber die Wölfe verfolgen mich, besonders ihre Augen. Als ich zu Hause bin und mein Hund an mir hochspringt und sein Schwanz wie ein Hubschrauberrotor wirbelt, bin ich wieder froh, obwohl mein Hund den Wölfen im Zoo doch nicht ähnelt. Die Wölfe im Zoo lachen nicht.

Markus Epha

HAPPY IN SPACE

sie hat das schon anderswo gemacht
polaroidbilder von pärchen die
ihren kopf interaktiv durch öffnungen stecken
den arm strecken in einen silberhandschuh –
ein astronaut schreitet auf der gemäldekulisse lustig aus auf
eine gekippte rakete zu
sternbild zukunft
der große wagen
die bunte hoffnung
die eröffnung in der karl-marx-allee
commerzbank
berliner bank
schriftzüge jenseits der scheiben in gelb
esoterisch
kuscheln sich BECKstrinker an ihre flaschen
lässig finanziert alkohol
kunstvertreib
hohe bilderpreise
ohne belang grüppchen
stehen mit schaftstiefeln leopardenmütze flohmarktjacken blau
und rot ge
färbten haaren im neonschatten
überschaubar wer wen
kennt dazwischen einzelne
nörgler allein
erziehende kurzhaarmutter mit kind dem gezeigt wird was
ein space shuttle bedeutet wenn es
künstler in der glotze sehen abpinseln der letzte schrei den
man häkeln kann ist das NEUE
BERLIN: o FATHER // MOTHER
nur 3hundert mark je werk rocket
one&two werden handschriftlich herabgesetzt da freuen
wir uns aber! authentisch
regnet es ununterbrochen tropfen weihrauch shit
vor der tür
ist bessere luft vorrätig
drinnen tobt das zwischennutzungsleben
ich gehe lieber love for sale without
tears without
  me.

Roman Fehr

von mehr als licht

    auch die stadt

  der u.bahn

      groß :   ⌐   :ab jetzt

           └ nur_zwischen_ist

   von mehr als licht

gespuckt liegen sie da

   auch die stadt   der u.bahn

  wenn schon

    auch die stadt

     von mehr als licht

            nur_zwischen_ist ⌐: groß

                :ab jetzt └

     gespuckt liegen sie da

(hintergrund) kein panorama

früher hatten wir
[uns] am hals geleckt

4 spur

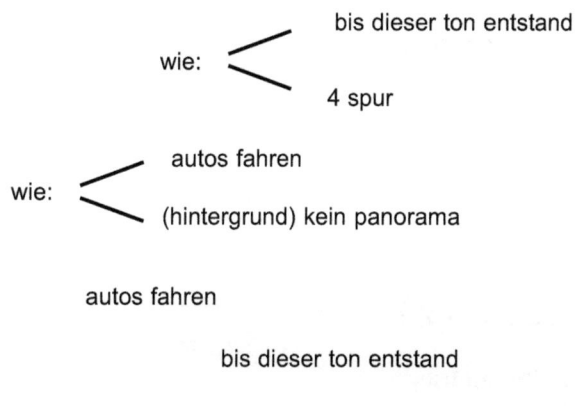

bis dieser ton entstand

wie:

4 spur

autos fahren

wie:

(hintergrund) kein panorama

autos fahren

bis dieser ton entstand

4 spur

Silke Galla

DIE KAISERIN

blechcontainerimbißstubenidyll:
margarete – 75 jahre – aufgewachsen
im horst-wessel-kiez, aber
so richtig nazimäßig nie gewesen,
trägt einkaufstaschen aus der marchlewskistraße,
gartenhaus, 2 zimmer, 4. stock

– ey, omi, kannste uns 'nen Feuereintopf koofen – ham nur eenen, aber hunger
und heut' abend da is' party,
wär echt superlieb –

margarete schiebt vorbei: gemüse,
joghurt, tiefkühltruhe, fertigkost:
erbsensuppe, pichelsteiner – nein, wo denn?,
ah, dort unten,
erasco feuereintopf: zwei dosen
für die jungen Leute;
die haben doch hunger,
               wie wir damals.

DIE KAUFHALLE (2)

treffpunkt bis nach halbe sechse,
        weiter drüben am fenster,
   – pfandflaschen-o-saft schmeckt –
       der tip aus der kaufhalle:
stiftung warentest empfiehlt,
vietnamesen stehen unbeteiligt, schweigsam,
      dosenbier palettenweise – morgens um 9 –
      für die klause zu arm,
              zu hause?
   »früher war alles besser«
      »als wir noch die kaufhalle hatten«

René Galle

VERLORENER SOHN

Ich
war hypnotisiert,
erst nur Ahnung
ein Gefühl
dann die Gewißheit,
all das, was ich erblickte
    war Er
ich umkreiste ihn,
wie ein Kind
ein gefährliches Tier,
ANGST
wieder in seinen Klauen
mich zu verfangen
und schlimmer noch
(nicht)
von ihm gefressen zu werden.

ich und das Kind
saßen still
gebannt.

ließen ihn keine Sekunde
aus unseren Augen entfliehen
zu groß die Gefahr,
(nicht)
von ihm erblickt zu werden,
eine Regung zu verpassen,
ich
war wie ein Schwamm,
wie ein Pendel…
nicht Meister der Uhr

Erlösung aus der Starre dann
als Worte uns verbanden,
und…
Schmerz und Gewißheit,
als Vater
– ungläubig –
den Namen seines Sohnes sprach.

Katrin Girgensohn

STRASSENZEICHEN

Meine Nachbarin hat einen Hund gekauft.
Weil sie sich nicht mehr auf die Straße traut,
sagt sie.
Wegen den Punkern und all den Fusseligen.

Mein Sohn hat Sprühdosen geklaut.
Weil er der Öde der Straßen nicht traut,
sagt er.
Wegen den Spießern sprühen sie nachts.

Und wenn man einen Hund hat,
sagt meine Nachbarin,
stören einen die vielen Haufen auf der Straße
nicht.

Er will Spuren hinterlassen,
sagt mein Sohn,
es stört ihn, wenn da mehr fremde Tags sind als
eigene.

Sonntags, wenn die Autos nicht fahren
und der Staub der Baustellen sich gelegt hat
stinkt es im Bezirk nach Hundescheiße.

Sonntags, wenn die Bauarbeiter weg sind und
die Gerüste abgebaut,
blühen am Abend schon die ersten Krakel an
den frisch getünchten Wänden.

Das ist Friedrichshain. Gezeichnet.

Joachim Goertz

TOUR DE BERLIN

ODER WIE LOTHAR DE MAIZIÈRE BEINAHE RECHTSVERTEIDIGER GEWORDEN WÄRE

Prolog

Von der Telekom nicht abgehängt zu werden, ist gar nicht so einfach. Aber wie soll ich dieses Rennen bestehen? Kann ich mich immer an der Spitze des Feldes bewegen, um keinen Vorstoß in die Zukunft zu verpassen? Oder soll ich mich am Ende aufhalten, was keinen interessiert, außer den, der Angst davor hat? Mit der Telekom ans Ende, aber nicht ins Ziel? Zu welchem Team ich gehöre, wissen auch meine Kameraaugen nicht - trotz des spirituellen Hubschraubers in meiner Umgebung. Ebenso wenig wie ich weiß, wer hier wie und von wem gedopt ist. Soll ich im Pulk fahren und meine mir zugewiesene Arbeit machen oder Vorstöße wagen, die vielleicht das Bundesverdienstkreuz einbringen, aber auch mir eine blutige Nase?

1.Etappe

Der Weg von Weimar nach Berlin ist für einen 16-jährigen langhaarigen Jugendlichen nun endlich in Angriff zu nehmen. »Rhythmus 72« im alten Friedrichstadtpalast neben dem »Berliner Ensemble« bietet Anlass dazu. Ohne Komplikationen am Nadelöhr Michendorf gelange ich dahin und sogar noch hinein. Veronika Fischer und Panta Rhei, Klaus Renft und Uve Schikora, Electra und Scirocco lassen zwar die Panzer von Prag '68 nicht vergessen, passen aber zum jugendlichen Aufbruch. Manchem werden wir wieder begegnen und von ihm geprägt sein. Das gilt auch für einige Orte – das Sprachenkonvikt in der Borsigstraße, das sich später einmal als Kaderschmiede für Teamkapitäne verschiedenster Ausstrahlung erweist (Richard Schröder, Wolfgang Ullmann, Markus Mekkel, Martin Gutzeit, Thomas Krüger, Steffen Reiche, Christoph Dieckmann u.v.a.). Oder die Karl-Marx-Allee – hier beherbergt mich Nico Hübner, der noch vor 1989 bekannt wird, weil er sich als Wehrdienstverweigerer auf den Viermächtestatus von Großberlin beruft – bisweilen auch Zielankunft der bemerkenswerten Friedensfahrt.

2.Etappe

»Weltfestspiele der Jugend und Studenten« 1973 in Ostberlin.
Irgendwie habe ich Glück und schlüpfe durch die Kontrolle auf der Autobahn zwischen Weimar und Hermsdorfer Kreuz. Der Welt soll vorgegaukelt werden, dass die »wunderbaren Jahre« anders sind, als von Reiner Kunze später beschrieben. Diskussionen auf dem Alexanderplatz mit Altkommunisten und deren jugendlichen Eingreiftruppen. In der S-Bahn unbehelligt übernachtend und im Volkspark Friedrichshain, nichtsahnend, dass unweit in der St. Bartholomäuskirche an der Friedenstraße einmal meine Wirkungsstätte sein wird.

3.Etappe

Inzwischen bin ich am Kirchlichen Proseminar in Naumburg gelandet. Schauspieler oder Journalist in der DDR zu werden, ist mir verwehrt geblieben – letzteres gottseidank. Dass ich einmal bei der Kirche landen würde, hätte ich nicht gedacht – auch wenn mein Vater, Buchenwaldhäftling von 1943-1947, mich in meiner frühesten Kindheit mal zu den Anthroposophen geschickt hat und ich als Zwölfjähriger Schiedsrichter bei fußball-spielenden katholischen Priestern gewesen bin. Doch ich muss noch einen Umweg fah-ren: Bevor ich mit dem Theologiestudium beginnen kann, schickt mich mein Rektor Reiner Bohley seligen Angedenkens auf den Thüringer Weg. Aber auch dort trifft mich die Erschütterung des Jahres 1976 – die Selbstverbrennung von Pfarrer Brüsewitz und die Ausbürgerung von Wolf Biermann. Bei dem standen wir noch 1974 vor der Woh-nungstür in der Chausseestraße, um ihm unsere jugendliche Solidarität zu bekunden. Wir schreiben Protestbriefe, stellen Dokumentationen der Ereignisse und der DDR-Ge-fängnisse zusammen und suchen Kontakt zu den Betroffenen, auch in der Magdalenen-straße und in Grünheide auf dem Weg zum Menschenhändler in Friedrichsfelde. Aber das Feld hat sich geteilt, man weiß gar nicht mehr, ob es sich um das selbe Rennen handelt. Wir treffen uns wieder in Prag und am Balaton und dann erst wieder auf den Schlussetappen in Berlin. 1977 hatte ich noch Sarah Kirsch auf der Fischerinsel besucht, um ihr meine Gedichte zu zeigen – wenig später reist sie aus.

4. Etappe

Theologiestudium in Naumburg am Katechetischen Oberseminar. Berlin würde mich zu sehr vom Studium ablenken - außerdem haben wir 5 Monate Semesterferien im Jahr. Das reicht, um alte Freunde aus Jena und Naumburg, die inzwischen in Ostberlin leben, zu besuchen und neue kennen zu lernen. In der Pankower Florastraße setzen die zustän-digen Organe mich eines Nachts fest, weil sie mir unterstellen, ich wolle abhauen. Das könnte Ihnen so passen! Ebenso, mich doch noch zur Fahne zu holen – dann lieber zu Bischof Leich in die Auguststraße mir und der Kirche zu nutzen. Schnur sei ferne!
Schreinerstraße, Elisabethkirche, ein Jazz-Club in Treptow, die »Erika« bzw. »Franken« in der Borsigstraße, wo das Zockergeld nur so über die Tische wandert, sind einige der bevorzugten Orte. Ein Kellner von da lässt 20 Jahre später mein Pfarrhaus verputzen. In Lichtenberg die Zeche zu prellen ist auch nur mit Opfern möglich. Das Klima wird immer bedrückender, von Aufstieg kann auch am Prenzlauer Berg keine Rede sein.
Eines Tages steht H. vor meiner Examenstür. Ich begleite Sie durch die Nacht bis zum Friedhof an der Friedenstraße und später an die Chausseestraße.
Leipzig, Berlin und Naumburg streiten sich in Gestalt der Kirchlichen Hochschulen schon jetzt um die Stammtischhoheit am Tische des Herrn und der Welt in, mit und unter 11 Fußballjüngern.

5.Etappe

Ich verbringe meine Lehrjahre in der ABC-Zone (Apolda, Buttstädt, Camburg), in der Weimarer Kirchenwüste. Die meisten Freunde sind im Westen, aber neue Netzwerke bzw. Seilschaften entstehen. In der Stephanus-Stiftung in Weißensee bereiten wir die Solidarische Kirche vor, in Karlshorst gründen wir sie. Marianne Birthler, Freya Klier,

Uwe Lehmann, Wolfgang Templin sind dabei. Reinhard Lampe stellt seine Examensergebnisse 25 Jahre nach dem Mauerbau im Fenster seiner Wohnung in der Oderberger Straße aus und löst damit unmerklich eine Lawine aus. Der »Kirchentag von unten« in der Pfingstkirche findet unsere Unterstützung. Die Zionskirche mit der Umweltbibliothek wird zum Kristallisationspunkt der Auseinandersetzung in und mit der DDR.

Wohnungen, wie die von Ludwig Mehlhorn und Poppes, begründen einen anderen »Mythos Prenzlauer Berg«.

Nach der Luxemburg-Liebknecht-Demonstration 1988 ist das Feld wieder zersplittert. Wir fahren in der Nacht von Jena zu Manfred Böhme in die Christburger Straße – er ist auch da nicht zu finden. Nach Protesten bei Erich Honecker darf ich meinen Onkel in Aschaffenburg besuchen. Freunde aus Westberlin laden mich ein, die DDR zu überflügeln. In Kreuzberg, Neukölln (in der Heidelberger Straße kann ich auf Ostberlin spukken) und Wilmersdorf treffe ich Paul und Elisabeth, Günther Schau, Bernhard und die Pannachs. Angesichts der verschlungenen Auf- u. Abfahrt falle ich im »Flöz« vom Sattel. Das hindert uns aber nicht, wenig später schon einmal die Regieübernahme des Feldes durchzuspielen.

6.Etappe

Wir wollen in die Frontstadt Berlin. Schließlich hatten wir doch dort unsere Hochzeit gefeiert. Nach mehreren Anläufen gelingt uns die Flucht aus der Gruppe, die nur noch im Zeitlimit bleiben will. Andere Fluchten können auch nicht mehr ignoriert werden.

Kaum bin ich angekommen am Ende der Spitzengruppe, fordert Hans-Jürgen Fischbeck in der Treptower Bekenntniskirche am 13. August das Feld zu einer neuen Strategie heraus. Während ich bei mir für Klarsicht sorge, wird in Golgatha zur Gründung einer sozialdemokratischen Partei in der DDR aufgerufen. Wenig später vernehme ich an meinem Ohr die Abhörstimme Manfred Böhmes, der mich zum Mittun einlädt. Na, selbstverständlich! Am 1.Oktober begegnen uns auf der Strecke von Eppelmanns Jericho bis Misselwitzens Jerusalem zwischen den Toren nicht nur Räuber Torsten mit der schwarzen Tarnkappe und der Laienpriester Ibrahim mit dem roten Schal.

Am 7. Oktober fahren wir mit Adam Krzeminski nach Magdeburg. Die »Helfer an der Strecke« mit ihren Dederonbeuteln an der Treptower Brücke können nicht mehr die kleinste Panne reparieren. Anfang November gründet sich in der Sophienkirche der »Berliner Landesverband« der SDP. Instinktiv lehne ich die Bitte IM Böhmes unseligen Angedenkens ab, als Begrüßungsredner aufzutreten, was meine weitere Rolle im Feld entscheidend beeinflusst. Unterdessen tagt der DDR-Vorstand auch in unserem Pfarrhaus in der Friedenstraße. Dort nehmen wir Leute auf wie den späteren Bezirksbürgermeister von Friedrichshain, Helios Mendiburu. Die Morddrohungen am Rande der Strecke können uns nur kurzzeitig erschrecken.

Am 9. November lasse ich den anderen den Vortritt und sehe sie am nächsten Tag verschlafen im Garten Gethsemane.

Ich lande in der Bezirksverordnetenversammlung Friedrichshain, aber als wir durch die Mainzer Straße müssen, trete ich erst mal einen kleineren Gang.

7.Etappe

An wen soll ich mich hängen? Wer sind die Sieger und die Verlierer? Wer hängt sich an mich, an uns? Alte Verbindungen gehen auseinander, manche bleiben bestehen, neue werden begründet. Lauter Entscheidungen sind zu treffen und getroffen. Man fällt dem eigenen Rad in die Speichen, wenn man versucht, die Karten in der Hand zu behalten und mit Füßen Bälle zu jonglieren. »Resignieren, Renovieren oder Rehabilitieren« lautet die Alternative. Die benachbarten Wohnblocks dampfen wie viele in Ostberlin besonders massiv nach DDR – ich kann sie nicht links liegen lassen. Die Versammlung der Trauerredner trifft sich 3 Jahre jede Woche – alles hat seine Zeit. Wenigstens manche Schweinerei lässt sich trotz erbärmlicher Rechtfertigungsversuche nicht verheimlichen. Noch ein Manfred enttäuscht und Lothar de Maizière kann höchstens ein paar Fliesen retten.

Also lernen wir wieder das erste Gebot neu, »nicht mit fremdem Arsch durchs Feuer zu reiten«, sondern nur das Eingenommene auszugeben. Die Glocken von Recht und Versöhnung sind nicht zu verstecken. Mit Thomas Moser, einem Journalisten aus Köln, bringe ich ein Buch heraus und ihn ab und zu zum Nachtbus, nicht ohne vorher zum Biermann zu werden.

Alte Orte werden neu erschlossen oder nicht wiedererkannt, neue hinzugewonnen. Ulbrichts Rache? Wir stoßen nach Kreuzberg, Tiergarten, Steglitz, Wedding, Spandau, Charlottenburg, Wilmersdorf, Neukölln, Zehlendorf, Tempelhof vor und sehen die Schwaben und Bonner und andere Autonome vor unsere Haustür ziehen. Oh, heiliges Ostkreuz! Oh, heiliger Dietrich zwischen Widerstand und sich ergebender Demokratie! HoAI, VOB, BAZ, ABM (ganz anders als früher), ISDN, Schuldrechtsanpassung, BGB versprechen Sprint- u. Bergprämien. Wo sind sie geblieben – die Millionen Kohle? Die Diebe lauern überall.

Auch die Nächte müssen durchfahren werden, ohne im Westhafen zu straucheln. Begrüßungsgeld für die Verschleppten aus dem Osten und Süden!

Ein alter Freund aus Pankow hütet das Geheimnis, »Speakers Corner« hört Volkes Stimme, da wo manches zu begraben ist.

8.Etappe

Ankunft in Berlin. Ist die Tour schon entschieden? Am Ende, am Ziel? Wer und was ist auf der Strecke geblieben? Gerulf, Jürgen, Oksana, Heike, manche Beziehung – in wessen Hände sind sie gefallen? Nicht erst nächstes Jahr geht die Tour weiter. Aus den Listen könnt ihr mich nicht streichen. Schwing dich auf den Sattel, damit du nicht zur Bulette wirst. Und grüß die Metropoliten!

Anna Katharina Hahn

PLATTE NASE, FLIEHENDE STIRN

Der Köter krümmt den Rücken wie Rodins Denker und scheißt. Scheißt einen dampfenden Haufen gut verdautes Dosenfleisch auf das Kopfsteinpflaster. Die pinkvioletten Schlangenprintstiefel seiner Besitzerin wippen ungeduldig neben einer vereisten Pfütze, auf der Sekunden später ihr selbstgedrehter Stummel verdampft, millimeterkurz abgeraucht und ebenfalls pinkviolett gefärbt. Ich greife nach meinem morgendlichen Muntermacher – Instantkaffee mit Mariacron – und setze mich hinter den Schreibtisch, direkt vor dem Fenster, das die Szenerie einrahmt und, wie es sich für Souterrainwohnungen gehört, die obere Hälfte der handelnden Personen abschneidet. Im Fall der Schlangenprintstiefel komme ich auch ohne diese Identitätsmerkmale klar; es ist Susi. Sie arbeitet beim Hundefriseur in der Finowstraße, verkauft Maulkörbe, stutzt Pinscherfransen und hat heute ihren freien Tag, führt den eigenen Köter spazieren, einen Boxerrüden mit ausgeprägtem Gehänge. Susi ist blondgefärbt, die Scham ist aschig geblieben, die Brüste so klein, daß sie in die Tassen unseres Altberliner Flohmarktservices passen; sie ist eine äußerst wortkarge Person und kann es auf den Tod nicht ausstehen, wenn man im Bett Worte wie ›Titten‹, ›Ficken‹ oder ›geil‹ benutzt.

Diese intimen Infos über Susi habe ich nicht aus erster Hand, sondern von Marek, meinem Mitbewohner, dessen klobige Trashdesigntreter sich in diesem Moment, sicher mit gewaltigem Knirschen, neben Susis Schlangenfüße stellen und von Rambo, so heißt der Scheißer an der kurzen Leine, ergeben geleckt werden. Marek ist als Mitbewohner eine Katastrophe, nicht wegen seiner obskuren Putz- und Kochkünste, sondern wegen Frauen wie Susi. Dabei hätte er ganz andere Alternativen: Massen von Kommilitoninnen, Assistentinnen, Tutorinnen. Sie finden von Dahlem nach Friedrichshain, um sich sich auf Mareks abgewetztem griechischem Hirtenteppich breitzumachen, verplempern grünen Tee oder Tequila darüber, je nach Tageszeit, und bemühen sich, möglichst aufreizende Posen einzunehmen, während sie intelligent parlieren. Frauen mit fingerdicken Hornbrillen, hinter denen sich vergißmeinnichtblaue Augen zu wahren Sehnsuchtsseen vergrößern, mit ausgesuchtem Silberschmuck in den kleinen freihängenden Ohrläppchen. Marek läßt derartige Prachtstücke ungerührt hängen. Akademikerinnen haben bei ihm keine Chance, auch wenn sie ihn in Scharen verfolgen. Er steht ausschließlich auf das, was man früher Arbeiterin nannte, knabbert lieber an Susis angewachsenen Läppchen, die mit feuervergoldeten Zinkkreolen vom ›Überraschungsmarkt‹ oder anderen exklusiven Läden an der Frankfurter Allee durchbohrt sind. Nach Cesare Lombroso sind angewachsene Ohrläppchen ein Zeichen für abnorme Triebhaftigkeit und den Hang zum Taschendiebstahl. Das bringt mich wieder auf den Boden. Während sich die beiden eng umschlungen entfernen, werfe ich den PC an und versuche, mein Tagwerk voranzubringen. Meine Magisterarbeit. Thema: »Die Rezeption von Cesare Lombrosos kriminalanthropologischer Schrift ›L'Uomo Delinquente‹ (Mailand 1876) in Thomas Manns ›Buddenbrooks‹ – eine kulturwissenschaftliche Studie« Abgabetermin 31. März. Heute haben wir Aschermittwoch. Ich komme überhaupt nicht voran, denn unter den vornehmen Lübecker Kaufleuten ist kein einziger tätowiert, niemand hat eine fliehende Stirn, riesige Unterkiefer oder hervorstehende Augenwülste, Lombrosos bewährteste Kennzeichen für einen geborenen Verbrecher. Im Gegenteil, blaugeäderte Schläfen, adlige Hakennasen, großgeschnittene Augen wimmeln durch das Buch, und selbst erklärte Bankrotteure und Bösewichter wie Bendix Grünlich oder der verdorbene Christian Buddenbrook sind nur durch eine kleine Warze oder hagere Wangen als Normabweichler gekennzeichnet. Wahrscheinlich hat Thommy sich überhaupt nie mit der Biologie und Psychologie des geborenen Verbrechers beschäftigt. Nur mein Prof will das nicht glauben; erst vor einem Monat hat er ein Symposium zu dem Thema ›Lombroso auf dem Zauberberg‹ veranstaltet.

Halb vier. Ich schließe die Datei – in meinen Augen ist Thommy ein hoffnungsloser Fall, und mittagessen muß der Mensch schließlich auch. Ich greife blind in Mareks individualiätsstiftendes Mützensortiment – heute grüne Maokappe mit rotem Stern – und schlendere zum Wismarplatz. Schneereste schmelzen auf dem zertretenen Matschrasen, und der sozialistische Brunnen, längst abgestellt, sieht aus wie ein geschändetes Stück Smartie-Geburtstagskuchen, das eine Horde vierjähriger Wessis übriggelassen hat. Auf den abgeschabten Bänken sitzen ein paar Zeitgenossen mit Bierdosen, an denen mir auf Anhieb mehr Lombrosisches auffällt als an der gesamten Besatzung der Buddenbrooks. Asymmetrie des Gesichts, platte Nasen, riesige Augenhöhlen, enorm abstehende Ohren. Auch der Fleischer, der mir meine übliche Boulette mit Senf rüberschiebt und über Kundenmangel im Zeitalter von BSE, MSK und TBC klagt, paßt voll in die Kategorie ›Rückfall in frühere menschliche Entwicklungsstadien‹, ein wahrer Biberkopf. Die Wirklichkeit ist hier eindeutig ergiebiger als die Literatur. Ich erinnere mich an einen kleinen Reiseführer, den ich mal in der öffentlichen Bücherei Grünberger Straße mitgehen ließ. Darin wurde viel Wind gemacht um die Tatsache, daß Friedrichshain früher eine Verbrecherhochburg gewesen sein muß: »In einer schmuddeligen Wohnküche in der Langen Straße Nr. 88/89 ertappte die Polizei am 21. August 1921 – alarmiert von den Nachbarn wegen durchdringender Schreie – einen der berüchtigsten Massenmörder auf frischer Tat – neben einer nackten Frauenleiche. Der Hausierer und Wurstverkäufer Karl Großmann, ein gelernter Schlächter, hat seit 1918 mindestens 23 Frauen fachkundig zerlegt und entfleischt.«

Ich glaube, es ist eine gute Idee, noch ein paar Feldstudien vor Ort zu betreiben. Als Kulturwissenschaftler darf man auch mal über seinen Tellerrand gucken. Ich fahre mit dem Bus zum Ostbahnhof, dem ehemaligen Schlesischen Bahnhof, wo Zille zwischen den Halbseidenen verkehrte, seiner Stammkneipe aber einige Zeit lang fernblieb, da er keine Lust hatte, von Großmann gelieferte Wurst in seiner Erbsensuppe zu finden. Ich schlendere die Lange Straße runter. Hier steht kein einziges altes Haus mehr. Es wird schnell dunkel. Jedes entgegenkommende Gesicht wäre ein gefundenes Fressen für Cesare. Mir wird mulmig. Noch ein paar Notizen im Schatten einer Platte, dann kehre ich um.

Susi steht vor unserem verkrusteten Herd und rührt. Sie riecht nach Schweiß von der Sorte, wie er nur unter 100% Polyesterwäsche entsteht. Um sie herum türmen sich Pakkungen mit Fertignahrungsmitteln: Kartoffelbreipulver, Jägersoßenwürfel, ein Paket vorgebratener Putenschnitzel, Büchsenerbsen. Marek wird begeistert sein. »Meine Mädels machen kein Theater mit Mungobohnen und geräuchertem Tofu. Fix aus dem Päckchen, wie bei Muttern. Und zum Nachtisch Dosenpfirsiche. Ich kannte mal eine, die hatte noch nie eine echte Kartoffel gesehen, ehrlich.« Sie wendet mir ihre hellblauen Basedow-Augen zu. »Magst du was mitessen? Ist genug da. Marek ist beim Sport, kann spät werden.« Ich schüttle den Kopf. »Muß noch arbeiten.« Susi grinst. »Am Schreibtisch, wie? Ist doch alles Mist, ihr habt noch nie richtig gearbeitet. Du nicht, und Marek auch nicht. Weiche Hände, wie meine kleine Schwester. Die ist fünf.« Sie zeigt mir ihre rechte Hand. Gelbliche Schwielen, kurze Fingernägel mit Trauerrändern, abgesprungener rosa Lack. Ich greife danach. Sie fühlt sich an wie ein rauher Badehandschuh.

 Später liege ich in der Wanne. Lavendelblauer Schaum bedeckt mich bis zum Hals. Aus der Küche kommt ein Geruch von verkohlten Erbsen und angebranntem Kartoffelbrei. Ich weiß gar nicht, ob Susi die Herdplatte vorhin abgestellt hat. Ein zähes Miststück, wirklich. Dafür ist die Tiefkühltruhe jetzt brechend voll. Marek ist noch nicht zurück. Wahrscheinlich ist er in der Simon-Dach-Straße versackt. Ich seife mir gründlich Hände und Arme ab, ziehe den Stöpsel. Im zahnpastafleckigen Spiegel mein Gesicht: die dunkelblonde Haartolle verdeckt notdürftig eine fliehende Stirn. Der Abstand der Augenbrauen ist minimal, die Größe der Ohren im obersten Normbereich. Stark vorgewölbte Unterkiefer. Lombroso empfiehlt das Militär als einzig mögliche therapeutische Maßnahme für derartige Delinquenten, denn es gestattet kontrolliertes Töten. Mit tiefem Gurgeln zieht der letzte Liter in die Kanalisation, hellrot mit violetter Schaumkrone.

Anne Helmer

VOM VERLANGEN NACH DEN HIMMLISCHEN KNOSPEN
ODER: DAS GESCHENK GOTTES

Es lebte einmal ein Jüngling, hoch und kräftig gewachsen mit dunkelseidiger Mähne und verträumten meeresblauen Augen, der konnte an keiner Maid vorbeigehen, ohne seine Blicke von deren weiblich wohlgeformten Früchten zu lassen. An heißen Sommertagen strich er durch den Wald zum Fluß, wo er die jungen nackten Weiber beim Baden und Wäsche waschen aus ungestörter Ferne sehnsüchtig beobachten konnte. Und ein jedes Mal, wenn sich die Sonne zu Boden neigte und die hübschen Frauen den Fluß verlassen hatten, saß er traurig und einsam auf dem grauen spitzen Felsen und stierte verlangend auf den ›leeren‹ Fluß.

Und als er eines Tages wieder einmal so einsam und traurig auf seinem Felsen saß, hüpfte eine kleine dicke Kröte auf seinen Schoß und blickte ihn mit ihren großen Glubschaugen an. Zuerst erschrak der Jüngling furchtbar, doch ehe er die Kröte von sich weisen konnte, vernahm er eine sanfte, liebevolle, weibliche Stimme: »Viele Jahre schon lebe ich in diesem Wald, doch noch nie habe ich ein Menschlein gesehen, das so traurig und einsam ist wie du. Du tust mir gar von Herzen leid,« quakte die Kröte, »doch da ich eine verwunschene Kröte bin und einem solchen Menschen wie du es bist einen Wunsch erfüllen kann, so will ich dir helfen!« »Du kannst mir nicht helfen,« sagte der Jüngling leise, »niemand kann mir helfen, mein Verlangen zu stillen, denn immer, wenn ich hier auf dem Felsen sitze und den nackten Frauen beim Baden zusehe, können meine Blicke nicht ablassen von ihren üppigen Milchhügeln und es gibt nichts, nach dem ich mich in meinem kümmerlichen Dasein mehr sehne, als so ein wunderbares Geschenk Gottes immerzu anblicken und in meiner Nähe haben zu können, ach wie verzweifelt bin ich doch!« »Wenn es weiter nichts ist,« schmunzelte die kleine dicke Kröte, »so sei dein Wunsch erfüllt. Eile nun nur nach Hause, mein kleiner Jüngling, schon morgen, wenn du aufwachst, wird die Sonne wieder in deinem Herzen lachen. Verwundert machte sich der junge Bursche auf den Heimweg und begab sich sogleich in sein Bett, um einzuschlafen.

Als er des Morgens vom Plätschern des strömenden Regens geweckt wurde, verspürte er plötzlich einen sonderbaren stechenden Schmerz in seiner Brust. Und spätestens als er dann aufstand, um sich zu waschen und vor den Spiegel trat, packte ihn das nackte Grauen. Aus der sonst so flachen Brust ragten zwei gut geformte, stabile Brüste hervor. Der Jüngling erschrak so, daß er seinen Waschkrug auf der Stelle fallen ließ und sackte in sich zusammen. Die dicke kleine Kröte hatte ihr Versprechen auf sonderbare Weise erfüllt. »Bei Gott«, schrie der Jüngling, »so liebevoll anzusehen dieser pralle Busen auch sein mag, warum bloß muß ich ihn am eigenen Leibe tragen, oh welch ein Fluch hat mich da getroffen!« Und dann wurde der Bursche gar ganz hastig und unruhig. Er zerriss sein Bettlaken und band sich damit seine neuerworbenen weiblichen Rundungen so flach wie ein Waschbrett, damit keiner im Dorfe von seiner Verhexung erfahren konnte. Flugs rannte er, als wenn der Teufel hinter ihm her wäre, hinaus durch den strömenden Regen zu dem Felsen, um die kleine Kröte wiederzufinden. Verzweifelt schrie er sich die Seele nach ihr aus dem Hals, durchsuchte jeden Winkel, doch die Kröte blieb verschwunden.

So setzte er sich gar mit letzter Kraft und gesenkten Hauptes auf seinen Felsen und ward zu Tode betrübt. Seine unzähligen Tränen, die mit dem gewaltigen Regen eins wurden, kullerten durch sein zartes knabenhaftes Gesicht und rollten hinab in sein weibliches Gebirge. Selbst das straffgebundene Bettlacken quoll langsam auf. In all seiner Verzweiflung und Wut riß er es sich von seiner Brust. Und als er da so auf dem Felsen saß, dem Schicksal ergeben, mit nackter nasser Frauenbrust, tupfte ihm plötzlich jemand von hinten auf die Schulter. »Ich habe dich weinen hören,« vernahm er eine sanfte liebevolle, weibliche Stimme, »sag wie kann ich dir helfen?« »Niemand kann mir helfen!« Mit diesen Worten drehte sich der Jüngling um und blickte in ein Paar wunderschöne froschgrüne verträume Augen einer bildhübschen Frau, die plötzlich vor seinem Anblick erschrak und ihn bekümmert musterte. »Es geht mir gar durch Mark und Bein, was ich da an Euch erblicke, halb Mann, halb Frau, sprich, wie ist das nur geschehen?« Der Jüngling schämte sich gar sehr und zerrte so schnell er konnte sein altes Hemd über den Busen. Dann erzählte er der holden rothaarigen Maid von seinem Verlangen nach den himmlischen Knospen, von den badenden Frauen und zu guter Letzt von der dikken kleinen Kröte. Die holde Schöne vernahm jeden Laut und tröstete den Verzweifelten. »Ich weiß einen Rat,« flüsterte sie, »hier im Wald lebt eine berühmtberüchtigte Kräuterhexe, vielleicht kann sie Abhilfe verschaffen und das überflüssige Üppige verbannen aus deinem Körper.« Und mit diesen Worten machten sich der Jüngling und die märchenhafte Maid auf den Weg zur Kräuterzauberin.

Schon bald gelangten sie zu einem kleinen, mit den Bäumen verwachsenen alten Baumhaus, in dem die Hexe wohnte. Tapfer stiegen sie die Strickleiter hinauf und trafen auf eine zierliche bucklige Alte mit einer nachtschwarzen Krähe auf ihrer Schulter, die damit beschäftigt war, ein paar selbstgepflückte Pilze in ihrem Süppchen aufzukochen. »Schäme dich nicht, Jüngling, ich weiß, warum du gekommen bist und ich bin bereit, dich von deinem Übel zu befreien, doch zuvor mußt du mir versprechen, bei deinem Leben, nie wieder am Fluß den »Badenixen« zuzusehen, sonst wird dir böses Unheil zukommen!« »Wenn's weiter nichts ist, so bürge ich mit meinem Leben für dieses Versprechen, wenn Ihr mich nur von meinen weiblichen Sinnen befreit.« So machte sich das alte Kräuterweib sofort daran, einen übelriechenden Trank zu brauen und verabreichte es dem jungen Burschen. »Trinke dies in einem Zug aus und eile schleunigst zu Bett, schon morgen, wenn du erwachst, wird alles Leid ein Ende haben!« Der Jüngling bedankte sich tausendfach bei der Kräuterhexe und entschwand mit der jungen Maid. Die Maid und der Jüngling eilten des Weges, bis die junge Frau vor der letzten Waldeskreuzung stehen blieb. »Hier trennen sich unsere Wege,« flüsterte sie traurig, »doch so,« schmunzelte sie, »so kannst du nicht hinab ins Dorf« und eilig versteckte sie sich hinter einem Baum, lüftete ihre Gewänder und streifte sich ihr Mieder über. Dann trat sie hinter dem Baum hervor und bat den Burschen sich umzudrehen, um ihm das Mieder, allerdings verkehrt herum, um den Körper zu schnallen, damit sein Busen vom Dorfvolke nicht bemerkt werden würde. Doch noch ehe der Jüngling sich bei ihr bedanken konnte, war sie so spurlos wie ein Geist entschwunden. So eilte er rasch nach Hause. Und nachdem er dort das Mieder geöffnet hatte, fiel er auf der Stelle in einen tiefen schweren Schlaf.

Als der Bursche am nächsten Morgen von den Sonnenstrahlen, die durch sein Fenster fielen, wachgekitzelt wurde, spürte er wieder einen sonderbaren Schmerz in seiner Brust. Er tastete diese vorsichtig ab, dann sprang er auf und rannte hitzig vor den Spiegel, in dem sich ein ganz normaler Jüngling mit einer ganz normalen männlichen Brust wiederfand. Erleichtert ließ er sich zurück zu Bette fallen und atmete tief auf. Neben ihm auf seiner Schlafgrube fand er zwei tote leere Brüste wieder. Die eine Brust legte er den Schweinen zum Fraße vor, die andere Brust aber vernähte er ordentlich und bewahrte sein Pfeifchen mit etwas Tabak darin auf.

Von nun an legte der gereifte Jüngling keinen Wert mehr darauf, den Weibern auf ihre entzückenden Knospen zu stieren und er wurde nie wieder an seinem Felsen gesehen, wie er es einst dem alten Kräuterweib versprochen hatte. Und immer, wenn ihn sein sehnsüchtiges Verlangen keine Ruhe mehr ließ, packte er seinen kleinen Tabaksbeutel aus und erfreute sich an der wunderschönen Brust, die einst die seine gewesen war. Die junge Maid mit den froschgrünen Augen hat der Jüngling nie wieder gesehen und noch heute grübelt er darüber nach, ob das junge bildhübsche Ding vielleicht doch nur eine verwunschene dicke kleine Kröte gewesen war…

Andreas Hergeth

Basteln immer Freitags

Montag lohnt nicht. Da macht die Amerika-Gedenkbibliothek (kurz AGB) immer erst um Drei auf. Wer was schaffen und – damit es sich lohnt – immer vier Stunden am Stück arbeiten will, aber fünf vor sechs einen Termin mit seinem Fernseher hat, um »Verbotene Liebe« aus verschiedenen Gründen zu gucken (u. a. weil man dabei so schön abschalten kann), bleibt montags am besten fern und fängt die AGB-Woche erst dienstags an.

Dienstag: Kommen die etwa jeden Nachmittag? Da studiert man Spiegel-Ausgaben aus den 50er Jahren und will seine Ruhe haben, doch die AGB ist eben keine beliebige Bibliothek, wo im Lesebereich schon der kleinste Laut für hochgezogene Augenbrauen reicht.

Hier trifft sich täglich Jung und Alt zum Lesen und Studieren, aber noch mehr zum Schwatzen. Wie die Schüler, die hier gemeinsam Hausaufgaben machen. Da geht es laut zu, sie lachen oft, ständig klingeln trotz Handyverbot Handys. Obwohl das nervt, kann keiner böse sein.

Auch nicht die alten Männer, die in türkischen oder kroatischen Zeitungen lesen. Das lenkt immerhin nicht ab, weil ich da nicht mitlesen kann. Dafür lausche ich den Russen und frische so nebenbei ein paar Vokabeln auf.

Mittwoch: Erstaunlich, wie AGB-Mitarbeiter mit stoischer Ruhe immer wieder die gleichen Erkundigungen ertragen. Türkische Jungs wollen im Internet surfen und nerven die Dame vom Infotisch mit ewigen »dürfen wir mit dem Computer da ins Internet«-Fragen und kapieren nicht, dass an den Terminals doch nur der »Bestand« der Bibliothek abgefragt werden kann.

Ob die Kleinen aber überhaupt verstehen, was mit Bestand gemeint ist? Und warum schickt sie die Kinder nicht einfach eine Treppe tiefer in die Kinder- und Jugendbibliothek, da stehen genug surfbereite Computer. Horden von Kids belagern hier die Zeitschriftenständer und blättern in Bravo & Co., schreiben E-Mails oder hängen einfach rum. Die AGB ist Berlins größter Jugendklub.

Mittendrin im lauten jugendlichen Trubel stehen zwei riesige, ziemlich alt aussehenden Apparate, an denen man Mikrofiches und Mikrobänder einsehen kann. Die Geräte benutzt kaum einer, so gibt es keine Wartezeiten, wenn man beispielsweise die F.A.Z.-Ausgaben der letzten Jahrzehnte Revue passieren lässt. In schwarzweiß, die Bilder sehen im Negativ wie Scherenschnitte aus. Guck mal, sagt ein Mädchen zur Mutter, die haben hier auch Internet.

Donnerstag: An den wenigen Laptop-Arbeitsplätzen mit hübsch orangefarbenen Steckdosen trifft man mit der Zeit alte Bekannte. Rechts legt der ältere Herr mal wieder seine Tarotkarten. Doch links der Althippie mit langen Haaren und grünem Parka ist zum ersten Mal da. Er hat einen Bildband mit Kirchen aufgeschlagen und starrt abwechselnd minutenlang auf das Gotteshaus in Kyritz und auf meinen Bildschirm. Nach einer halben Stunde Schauen (Meditieren?) putzt er einen roten Apfel und beißt so hinein, dass der Saft richtig spritzt. Mann ist die Luft hier trocken!

Cola gibt es im Automaten für 1,50 Mark, der Kaffee ist ungenießbar, die Pommes vom Stand vor der ›Domäne‹ miserabel. Wer hier ganze Tage verbringt, versorgt sich also am besten selbst. Dafür ist die Klofrau der AGB nett und erkennt dich, wenn du öfter kommst, und sagt nett Hallo! zu dir. Dann kriegt man auch mit, dass der 50er, der stets ganz allein zum eventuellen Wechseln immer ganz genau in der Mitte des Tellers liegt. Bis irgendwann auffällt, dass er – sicher ist sicher – festgeklebt ist. Die Kabinen bei den Männern sind mit klasse schweinischen Zeichnungen und Sprüchen bekritzelt. Es geht wie immer um's Ficken. Was liest wohl Frau auf ihren Kabinenwänden?

Wieder am Laptop-Arbeitsplatz sitzend, hoppelt draußen ein Kaninchen mit komisch zerzausten Ohren (ein Fuchs?, eine Mutation?) vorbei, schnuppert an einer alten Bananenschale und ist schon weg.

Freitag ist das kleine Tierchen gegen Drei wieder da. Guckt dich scheinbar einen Moment lang an und hoppelt weiter. Aus dem Lautsprecher ertönt eine säuselnde Frauenstimme, die alle »kleinen Bibliotheksbesucher« zum Basteln einlädt. Diesmal steht »der Jahreszeit entsprechend Frühjahrsschmuck« auf dem Programm. Da gehe ich lieber. Basteln musste ich früher als Kind genug. Dabei meint ja mein Freund immer, ich ginge gar nicht in die AGB, die Amerika-Gedenkbibliothek, wenn ich in die AGB radele, sondern in die AGB gleich Arbeitsgemeinschaft Backen. Irgendwie versteht René nicht, dass freitags immer gebastelt und gar nicht gebacken wird. Soll er doch selbst mal hingehen. Er bastelt doch gerne lauter Zeugs, Zimmerspringbrunnen und so.

Samstags ist es voller als sonst. Keine gute Empfehlung für einen ernsthaften Studiosus. Immerhin gibt es einen Neuzugang an den Laptop-Arbeitsplätzen zu verzeichnen. Ein älterer Heer, wohl so um die 60, mit langen Rauschebart, guckt sich durch einen Stapel Comics. Naja, gucken ist zu viel gesagt. Eigentlich pennt er die ganze Zeit. Im Sitzen. Könnte ich nicht. Und lässt sich die Sonne auf den Bauch scheinen. Alle anderen haben die dunklen Vorhänge vor die großen Scheiben gezogen. Ich auch. Man will ja nicht immer so rumblinzeln.

Einmal wird der Alte wach und guckt aus dem Fenster. Und plötzlich huscht ein Lächeln über seine Lippen. Und hinter der Gardine ein kleiner Schatten vorbei. Hoppelnd.

Patrick Hofmann

WIEDERFINDEN WEITERSUCHEN

So viel Unsichtbarkeit
komm ich wieder
in die Heimat
nach langer Zeit
mit dem Zug
und zu Fuß
das letzte Stückchen.

So viel Stillgelegtes
und Gepflegtes,
Fälliges und Neues
kommt mir vor;
und das Land so flach
und die Menschen derb
wenn sie sich zeigen.

Es bedrängt mich,
was ich mir längst
aus dem Kopf
geschlagen habe.
Und ich weiß,
daß mein Glück
Weite sucht.

Vera Hohleiter

BETRUNKEN

Einen Gimlet, bitte.

Die machen hier erbärmliche Gimlets, aber ich gebe ihnen noch eine Chance: vielleicht ist heute ein anderer Barkeeper da! In der Newton-Bar sind sie auf jeden Fall besser!

Auf jeden Fall auch teurer.

Happy Hour ist eine wundervolle Sache! Die Drinks kosten nur 8 DM!

Hast du die gesehen? Die hat bestimmt Brustimplantate.

Ich finde Schönheitsoperationen völlig in Ordnung. Solange das nicht unnatürlich aussieht. Das ist doch wie Haarefärben.

Ich habe mir mit 13 Jahren zum ersten Mal die Haare gefärbt!

Waaaas? Ich habe mir noch nie die Haare gefärbt!

Ich habe es mit 16 wieder aufgegeben! Gebleichte Haare sehen meistens unnatürlich aus. Mit schwarzen Haaren sah ich aus wie eine Mexikanerin.

Ich kann mir dich mit blonden Haaren gar nicht vorstellen. Mit schwarzen schon eher.

Wir haben etwa die gleiche Naturhaarfarbe!

Ja.

Einen Mojito, bitte. - Es ist immer noch Happy Hour! Ein Drink 8 DM! Ich bin sehr happy.

Markus arbeitet jetzt bei Bayer, habe ich das schon erzählt.

Wo wird er wohnen? In Köln?

Das sind 4 Stunden mit dem Zug. Das geht.

Bayer? Machen die nicht Tierversuche? – Das machen sie doch alle. – Monster.

Mag er Karneval? - Nein? Schade. – Nein. Eigentlich nicht schade. Ich mag Karneval auch nicht. - Gut, daß es in Berlin keinen Karneval gibt! Nur den Christopher Street Day. Wart ihr da? Nein? Nicht? Es war sowieso schlechtes Wetter! Ich war mit Freundinnen meiner Schwester unterwegs – und mit schwulen Friseuren, die mich fragten, aus welchem Kindergarten ich komme. Wie gemein!

Wo ist die Toilette?

Ich wanke zur Toilette. Ich versuche, aufrecht zu gehen, mir nichts anmerken zu lassen. In der Damentoilette sehe ich mich im Spiegel an. Ich sehe müde aus – so müde. Scheiße! Lächele freundlich, dann siehst du besser aus. Ich lächele mir im Spiegel zu. Ich wanke zurück zu meinem Platz.

Einen Daiquiri, bitte.

Ist das wirklich schon mein dritter Drink? Haltet mich davon ab so viel zu trinken! Es gibt eine Formel, mit der man berechnen kann, wie viel Alkohol der Körper verarbeiten kann. Mein Chemielehrer sagte immer, ich solle mir genau überlegen, ob ich auch nur einen Tropfen Alkohol anrühre oder nicht. Weil ich immer die Kleinste und die Leichteste in der Klasse war. - Aber ich sagte, es sei mir egal. Ich trinke so viel ich will.

Hast du nie daran gedacht, Mathematik zu studieren? Zahlen sind so faszinierend. Es gibt immer nur eine Lösung. Zahlen bewahren uns davor, verrückt zu werden.

Oh Gott, ich bin betrunken. Laßt uns gehen.

Wir rufen den Kellner.

Ich hatte einen Gimlet, einen Mojito und einen Daiquiri.

Danke für die Information!

Er wollte wohl nicht wissen, was ich getrunken hatte. Wieviel es war, merke ich selbst. Es scheint, als drehe sich alles um mich. Ich versuche es vor den anderen zu verbergen.

Mina hat ziemlich viel getrunken, lachen die anderen. Mina ist beschwipst. Hahahaha-haha.

Warum dreht sich alles um mich? Es soll aufhören! Es soll aufhören.

Tschüß.

Tschüß.

Bye Bye.

Warum sagt ein Berliner Kellner »Bye Bye«? Ist er selbst betrunken?

Wir laufen zur U-Bahn.

Ich erzähle von Holly Golightly, vom Blues und von den mean reds.

Blues hat man, wenn man zu dick wird, oder wenn es zu lange regnet.

So geht es mir. Dauernd regnet es und ich werde dick.

Du wirst doch nicht dick! Du bist doch dünn!

Ich fühle mich dick. So dick. Irgendwie halte ich es für eine Zumutung, Mensch zu sein. Ich wäre gerne etwas besseres. Ein Affe oder ein Hund. Oder vielleicht auch eine Amöbe.

Eine Amöbe? Du spinnst.

Wir nehmen verschiedene U-Bahnlinien. Ich stolpere alleine die Treppe hinauf. Die U-Bahn kommt in 5 Minuten. Beinahe hätte ich mich neben die Bank gesetzt. Ich ziehe mein Buch aus der Tasche. »Manhattan Transfer« von John Dos Passos. Wer liest, fällt nicht unangenehm auf.

Die Bahn kommt ich steige ein und setze mich. Ich lese weiter.

»Er schien zu schlafen, als Gladys im Regenmantel, mit nassem Schirm in der Hand hereinkam.«

Wer zum Teufel ist Gladys? Ich will wissen, was mit Jimmy Herf passiert! Und mit Ellen! Und mit Congo! Wer ist schon Gladys? Was sollen diese vielen Figuren? – Ach, man sollte nicht betrunken lesen! Man versteht zu wenig.

Die Bahn fährt durch den U-Bahntunnel. Ich sehe mein Spiegelbild in der Fenster-scheibe. – Eine Madonna mit dicken Augenringen. Eine junge, blasse Madonna. Warum fällt mir ausgerechnet Madonna ein. Nein. Nicht die Sängerin. Eher die Madonna aus Lourdes oder so. Aber die Augenringe passen nicht dazu. Eine Madonna mit Augenrin-gen?

Ein Handy klingelt. Es gehört einem Mädchen, das neben mir sitzt.

»Hallo. Hi. Ach du bist es. Ja. Ja? Ja natürlich ich war dabei. Ja, er muß es noch haben. Ich habe ihm doch das Hemd ausgezogen, da muß es drinnen gewesen sein. Ja, es war ein Karohemd. Ich habe es ihm ausgezogen. Das muß da noch drinnen sein. Wirklich. Sicher. Natürlich. Ja, klar. Ja, ich erkundige mich noch einmal.«

Sie legt auf und ruft jemand anderen an. Es geht wieder um das Karohemd. Was war denn im Karohemd? Drogen? Geld? Ein Zettel mit einer wichtigen Notiz?

Klosterstraße. - Ich muß aufpassen, daß ich nicht zu weit fahre. Nachts ist das ärgerlich. Man muß sonst so lange warten!

Was war jetzt mit dem Karohemd? Und wer war Gladys?

Ein Mann, der einen Pullover mit Hahnentrittmuster trägt, schaut mich blöd an. Was sieht er? Eine Madonna mit dicken Augenringen? Sieht er nur meine Augenringe und meine roten Augen? Sieht er, daß ich zu viel getrunken habe? Oder sieht er gar nichts?

Alexanderplatz. Ich muß umsteigen. Die andere U-Bahn wartet schon. Ich kann mich gleich wieder setzen – wie praktisch. Ich will nach Hause. – Hoffentlich habe ich meinen Schlüssel nicht verloren. – Oh, in meinem Kopf dreht sich alles. »Manhattan Transfer« – Wer ist Gladys? – das Karohemd – die Madonna mit den dicken Augenringen – ein Gimlet, ein Mojito und ein Daiquiri.

Samariterstraße. Ich kann endlich aussteigen. Los! Du sollst aussteigen! Du bist schon fast zu Hause! Aussteigen mußt du!

Ich steige aus.

Ich gehe nach Hause.

Mir ist noch nie aufgefallen, daß das Pflaster rautenförmig angeordnet ist. Warum ist mir das noch nie aufgefallen?

Jemand geht mit seinem Hund spazieren. Der Hund hebt das Bein und pinkelt an eine Wand. Viele Hunde tun das. Man riecht das.

Ich laufe weiter.

Endlich komme ich zu dem Haus, in dem ich wohne. Ich finde nicht gleich das Schloß. Ich mache das Licht an und stolpere die Treppe hinauf. – Meine Wohnungstür! Sie ist grün. Ich weiß das, aber irgendwie schien ich es vergessen zu haben.

Ich gehe ins Badezimmer. Ich betrachte mich im Spiegel. Wie ist die Wimperntusche auf meine Nase gekommen? Mit mechanischen Handbewegungen schminke ich mich ab.

Dann lege ich mich ins Bett. Ich kann nicht schlafen. Alles dreht sich um mich. Um mich? Umsonst.

Julia Jarque y Jörg

4

der geschminkte junge sagt,
er sei musiker.
kann sein, wir haben ihn ja schon
öfter auf dem platz gesehen.

jessica fängt was mit ihm an und
am anfang bin ich fast neidisch,
aber dann rückt er ihren rock so
zurecht und ich denke mir, dass
ich ganz schönes glück hab.

später erzählt sie mir, sie hätte
versucht ihm irgendwas zu erklären,
(die liebe oder so), er hätte aber
nichts verstanden.
und ich mach irgendeinen blöden
witz und versuche klar zu stellen,
dass das mit so nem make-up
jungen auch nicht gehen kann

10

der von oben klingelt.
ich schrei durch die tür,
ich sei nicht da und er
solle verschwinden.

er verschwindet nicht,
und nach seinem monolog
versuch ich erst mal
einen weg zu finden,
wie man diese verfluchte
klingel abstellt.

11

hassanist schlecht gelaunt
und ich auch.
ich frage ihn, warum,
aber er weiß es nicht.

ich muss daran denken,
dass jessica immer sagt,
niemand hätte probleme
ohne zu wissen, welche.

und ich weiß nicht,
wie ich
ihr das gegenteil
beweisen soll.

24

du weißt, sag ich,
ich kann dir aus
dieser scheiße nie
raus helfen.

klar, ok, sagt er
und kocht sich
einen auf.

25

er ist wieder da und
erscheint völlig
nüchtern.

ob er es ist, oder
nicht, hab ich mir
abgewöhnt
zu erkennen.

35

ich saß mit dem tod in einer bar.
wir tranken scotch und bier und
rauchten luckies ohne filter.

dann begann der mistkerl mir von
seinem job zu erzählen.
der abend war natürlich versaut.
die stimmung im arsch.

61

jetzt endlich schien es
vorbei, also rannte ich
weinend durch die stadt
und versuchte es wieder
zu bekommen, natürlich
ohne
eine
chance.

ich dachte an irgendwelche
gegenden, weiter südlich,
auf die die sonne in so
einer goldenen art fällt,
an lavendelfelder und raps
und wind,
der sich abgewöhnt hat,
den jammer zu beachten
und meer,
dass die adresse der
traurigkeit und des
verlassen seins ist,
und das einfach immer weiter
macht.

ich kam mir schrecklich
theatralisch vor.

Joachim Joos

DAS JAPSEN DER ERINNERUNG

Geliebter Ort
jenseits des tötenden Tageslichts,
heute Nacht kehren wir zurück zu dir.

Deine warmen Farben glühen in der Dunkelheit;
so größer dein Schwarz, so größer das Seh'n.
heute Nacht kehren wir zurück zu dir.

Deine weichen Hände umschmiegen uns,
sinkende Perlen im vergessenen Weiher.

Nach Anbruch der Sternendämmerung
kehren wir zurück zu dir
und heute, wir versprechen uns,
bleiben wir für immer.

STRICHLANDSCHAFT

Gelbe Monde
Straßenlaternen
langes blondes wallendes Haar
zwischen leeren Autoreihen.
Weiße schnelle Sterne
Scheinwerferliebe
holt sich die
Prostitution.
Lange stolze Schwäne
brechen am harten Leder
des Steuerrades.
Knisternder Schein
dazwischen
inzwischen
abgespritzt,
in das schöne leere Gesicht.

Steffen Kassel

Ungewöhnlicher Einsatz

Ich komme von der S-Bahn und laufe über die Oberbaumbrücke in Richtung Revaler Straße. Eine mauerlose Generation mit der East Side Gallery im Rücken begleitet mich. Und die Gegenwart sitzt im Nacken, mehr nicht. Ein leichter Nieselregen hat eingesetzt, es kitzelt wieder in den Bronchien und ich sehne mich nach einem schleimlösenden Mittel, das den chronischen Reiz beseitigt. Fettgeruch vom Imbiss steigt in den Abendhimmel. Türken von morgen ohne Technik von morgen trinken Schnaps. Wollmützen-Gesichter gehen schneller als gewöhnlich, obwohl sie ihrem Schicksal nicht entrinnen können.

Plötzlich höre ich ein lautes: »Los, jetzt!« und drehe mich um. Einige Typen mit Rucksäcken und Base-Caps fallen über zwei junge Männer her und werfen sie zu Boden. Eine überfallartige Aktion, wie einstudiert. Ein ziviles paramilitärisches Einsatzkommando aus dem Untergrund? Offensichtlich haben private Wehrsportgruppen keine Hemmungen mehr vor der Öffentlichkeit. Ein Meter vor mir funkelt eine Pistole auf, fettig glänzend, als sei sie eben erst eingerieben worden. Vielleicht liegt es am Alkohol, jedenfalls bleibe ich ohne Anflug von Angst stehen und schaue zu. Neugierde als Antriebsfaktor, zumal die Angreifer an mir keinerlei Interesse zeigen. Ein zweiter Mann zieht eine Pistole und ruft: »Polizei, weitergehen!« Die Aktion hat also einen legalen Hintergrund, fast bin ich beruhigt. Die Aufforderung wird von der Menge angenommen, die meisten schauen gerne weg. Sie sind momentweise Zeuge eines unkonventionellen, rabiaten, aber doch gesetzmäßigen Zwischenfalls. Die beiden Überwältigten liegen völlig wehrlos am Boden, die Gesichter eingetaucht in Döner-Reste und Verpackungspapier. Ankara von unten. Da der erste Zivilbulle mit der Pistole das gleiche Parfum wie ich benutzt, könnte ich ein Gefühl von Solidarität empfinden.

Im Grunde ist das Ganze nur ein nachempfundener Einsatz in Manhattan auf Bezirksebene. Das verführt zur englischen Sprache: Operation Warschauer Bridge. Before the fusion of the districts. But not an ethno-fusion. Ein Passant zieht einen Presseausweis und möchte von den Beamten ebenfalls einen Ausweis sehen. Kurz blitzt eine silberne Plakette auf, aber eine Dienstnummer wird hartnäckig verweigert. Nun werden die Vorbeikommenden schroff aufgefordert weiterzugehen, da sie offenkundig den Einsatz behindern. Die beiden jugendlichen Kriminellen werden in zwei Autos gezerrt. Der Journalist ist ein wenig fassunglos, blickt auf den konvexen Bogen der Brücke, die eigentlich zu einer romantischen Überquerung der Spree einladen sollte. Und ich hätte später meinen literarischen Freunden etwas von den malerischen Reizen der im Dunkel angeleuchteten Brücke mitteilen können. Aber die Polizei hat mit ihrem kraftvollen Auftritt alles vermasselt. Wie heißt das so schön? Aus ermittlungstechnischen Gründen dürfen keine Informationen an die Bevölkerung weitergegeben werden. In fataler Weise fühle ich mich an diktatorische Regimes erinnert, bei denen systemkritische Menschen einfach von der Straße verschwinden, ohne dass die Öffentlichkeit etwas davon erfährt. Nun gut, Polizisten als verkleidete Techno-Freaks. Treten sie das nächste Mal im Heavy-Metal-Dress auf?

Zuhause angekommen, rufe ich sogleich das Revier in der Wedekindstraße an, um mir Gewißheit zu verschaffen. Ausgerechnet Wedekind. Der Dramaturg rannte gegen die bürgerlichen Konventionen an. Und die Verlobung der exzentrischen Tochter Pamela mit dem homophilen Klaus Mann war nicht mehr als eine Inszenierung. Nach meiner Schilderung reagiert der Beamte am Telefon verblüfft und möchte eine Streife zu mir nach Hause schicken, damit ich als Zeuge aussagen kann. Fünf Minuten danach erhalte ich einen Rückruf, in dem scheinbar alles aufgeklärt wird. Ein junger Ordnungshüter erklärt lapidar: »Das hatte alles seine Ordnung. Das waren die Brandenburger... Manchmal begreift der normale Bürger so etwas nicht.«

Ist der normale Bürger zu normal für solche Einsätze? In den nächsten Tagen suche ich in den Zeitungen nach Informationen über den Vorfall – vergeblich. Transparenz? Wie heißt das noch mal? Aus ermittlungstechnischen Gründen...

Gregor Koall

ENTSORGT

Heute Morgen, kurz nach dem Klingeln des Weckers, als ich beschloss, noch einige Minuten liegen zu bleiben, schlief ich wieder ein, bis ich durch merkwürdigen Lärm in meinem Zimmer geweckt wurde.

Als ich die Augen ein klein wenig öffnete, sah ich drei Müllmänner in meinem Zimmer sitzen. Sie sahen sich sehr ähnlich, alle drei hatten diese typischen orangefarbenen Jakken und Hosen an. Auch hatten sie alle drei einen Schnauzbart, den sie, in regelmäßigen Abständen, immer alle drei zugleich, akribisch kämmten.

Ich stellte mich schlafend und blinzelte nur durch einen kleinen Spalt meiner Augen. Die Männer rauchten und tranken Dosenbier. Sie lasen sich gegenseitig aus meinen Tagebüchern und Briefen vor, die sie aus einem der Schubfächer meines Schreibtisches geholt hatten. Bei einigen Passagen lachten sie laut und schlugen sich vor Freude auf die Schenkel. Ab und zu schauten sie zu mir, wahrscheinlich nur um zu sehen, ob ich bei dem Lärm noch schlafen konnte.

Anfangs war ich irritiert, wollte aufstehen und protestieren, doch die Männer waren ungleich kräftiger als ich und sie hatten den Vorteil bekleidet zu sein, wohingegen ich nackt unter einer dünnen Decke lag. Jede Art des Protestes hätte bei ihnen doch nur einen großen Lachanfall ausgelöst.

Nach einer Weile stand einer von ihnen auf und sagte: »Dann man los, Pause ist vorbei.

»Ach was,« sagte ein anderer, »lass uns wenigstens noch das Bier austrinken.

»Na gut«, erwiderte der erste, »aber dann packen wir's an, sonst werden wir nie fertig.«

»Ich schau mal, wie weit die Jungs in der Küche sind.«, sagte der Dritte, während er mein Tagebuch zuklappte. Dann öffnete er die Zimmertür, sah in den Flur und rief freudig: »Gleich fertig! Die haben die Küche schon leer geräumt, na viel hatte er ja auch nicht.«

Die Männer tranken nun ihr Bier aus, zerknüllten die Dosen und warfen sie aus dem Fenster. Unten hörte ich das Rumoren des Müllautos.

Ich kannte dieses Geräusch, denn immer wenn ich hoffte, morgens in meinem Bett noch etwas vor mich hindösen zu können, wurde ich durch die Müllabfuhr unsanft geweckt.

Und immer wieder fiel mir dann der Satz meines Vaters ein: »Wenn das mit deinen Leistungen«, wobei er dieses Wort mit einer Geste als in Anführungszeichen betrachtet sehen wollte, »so weiter geht, wirst du nichts weiter als ein Müllfahrer.«

Jetzt packten auch die Männer in meinem Zimmer an, aber nicht, ohne sich vorher gründlich die Schnurrbärte zu kämmen. Mit Äxten zerhackten sie zunächst meinen Schreibtisch. Das war wohl notwendig, da er wirklich sehr groß und unhandlich war. Niemand würde sich die Mühe machen und so ein Monster von Schreibtisch freiwillig die Treppe hinunter wuchten.

Sie gaben sich große Mühe, den Schreibtisch wirklich klein zu hacken. Ab und zu flog ein Splitter gegen meinen Kopf oder fiel auf die Bettdecke.

Es machte richtig Spaß, ihnen bei der Arbeit zuzusehen. Schließlich ist man nicht alle Tage bei so einer Aktion hautnah dabei. Zwar musste ich ab und zu ihre Flüche über mich ergehen lassen, wenn mal nicht alles so reibungslos lief, aber bewundernswert fand ich, wie sie im ansonsten stillen Zusammenspiel, ihrer schweren Arbeit nachgingen. Ohne viele Worte, Blicke genügten, half der eine dem anderen.

Nachdem der Schreibtisch nicht mehr wiederzuerkennen war, machten sich die drei Männer daran, die einzelnen Teile aus dem Fenster zu werfen. Als sie damit fertig waren, setzten sie sich genau an der Stelle, an der mal mein Schreibtisch gestanden hatte, auf den Boden und rauchten und kämmten sich die Bärte.

Dabei lehnten sie sich mit dem Rücken an die Wand und schauten zu mir herüber. Ich schloss schnell die Augen, atmete gleichmäßig ein und aus, tat so, als schlief ich ganz fest. Ich gönnte den Männern ihre Pause, sie hatten wirklich schwer gearbeitet.

Am liebsten wäre nun ich aufgestanden und hätte den Männern etwas zu trinken gebracht. Aber man hatte ja meine Küche ausgeräumt und ich war ja noch immer nackt unter meiner Decke, die nun mit dünnem Holzstaub und vereinzelten größeren Splittern bedeckt war.

Die Männer redeten auch jetzt nicht viel. Wenn sie etwas sagten, dann sprachen sie über ihre Arbeit, vor allem über ihren Chef, der ein ziemlich arroganter Schnösel sein musste, jedenfalls kam er bei den drei Männern nicht gut weg.

Nach einer Weile standen sie wieder auf, warfen die Kippen auf den Teppich, traten die Glut aus und machten sich schließlich daran, meinen Kleiderschrank auszuräumen und die Sachen aus dem Fenster zu werfen. Diese Arbeit schien sie ein wenig zu langweilen. Denn sie taten das mit weit weniger Elan. Möglich, dass ihnen die Pause zu kurz gewesen war, möglich, dass sie sich einfach unterfordert fühlten. Vielleicht hielten sie das Entsorgen von Kleidungsstücken für Frauensache.

Als der Schrank endlich leer war, ich wusste gar nicht wie viele, seit langem nicht mehr getragene Kleidungsstücke ich noch besaß, begannen sie wieder, mit ihren Äxten alles klein zu hacken.

Der Schrank ließ sich schneller zerkleinern als der Schreibtisch, so dass sie sich bald das Bücherregal vornehmen konnten. Die Männer waren jetzt wieder ganz vertieft in ihre Arbeit und redeten nur noch das nötigste. Die Bücher warfen sie kommentarlos aus dem Fenster. Nur ab und zu schauten sie sich einen Einband etwas länger an, lasen vielleicht auch den Klappentext. Als das Zimmer fast leer war, als die Schränke und Regale, der Schreibtisch, die Bilder an den Wänden und alle meine Bücher, als alles wirklich restlos entsorgt war, stellten sich die drei Müllmänner vor mein Bett und schüttelten stumm die Köpfe.

»So viel Müll.«, sagte schließlich einer von ihnen, »hab ich meinen Lebtag nicht auf einen Haufen gesehen.« Dann packten sie an und trugen mich, mitsamt dem Bett, die Treppen hinunter.

Ich stellte mich noch immer schlafend und betrachtete nur aus einem winzigen Spalt meiner Augen heraus, wie ich die Treppen hinuntergetragen wurde. Die Männer wuchteten das schwere Bett sehr geschickt um das Treppengeländer herum. Ich hatte zu keiner Sekunde Angst, eventuell herauszufallen, oder gar mitsamt dem Bett die Treppe hinunterzukrachen.

Ich wurde noch nie im Bett die Treppen hinuntergetragen, das war eine völlig neue Perspektive. Als sie endlich unten angekommen waren, wollte ich aufspringen, in die Hände klatschen und den fleißigen Männern für diese wunderbare Vorstellung danken. Aber dazu hatte ich keine Gelegenheit mehr. Sie hoben gemeinsam mein Bett hoch und warfen meinen Körper in den Schlund des Müllautos.

Ralf Krämer

KURZE BEINE

Alles so weiß hier. Nichts, was die Kraft hätte, sich abzusetzen. Gerade gedacht, doch nach kurzem Driften, einem erneuten Öffnen der Augen, schweift der Blick müde und kehrt mit einem Ruck zurück. Da begann sich etwas zu bewegen, eine Ahnung zuerst, dann schon fast ein Schatten. Und mit Furcht im Nacken wendet man sich ab. Sollte es noch schlimmer kommen, hat man es zumindest nicht als erster gesehen.

»Zapp!«

Der Weg zum Bus; ihr vertrauter, fremder Schatten verschwindet. Als habe sie es sich im letzten Moment anders überlegt, zieht sich ein Echo der ersten Berührung mit kaum vernehmbaren Knistern in das schwarze elektronische Labyrinth zurück. Nur das rote Standby-Lämpchen spiegelt sich Dir auf die Augen. Möglicherweise Teil eines laienhaften Blitzschnappschusses, verharrt es dort noch, bis Du Dich wie einen schweren Vorhang zuziehst, der warmen Stimme hinter Dir entgegen. Dort wirst Du eingetaucht in ihre unverstellte Nähe, wendest Dich dem Eingespielten zu, ohne von dem getrennt zu sein, was der Fernseher glaubt, mit sich genommen zu haben.

Er und sie, ihre zahllosen Schulwegüberschneidungen, die letzte Begegnung, die mit dem ersten Nennen seines Namens begann – all das kauert im Hirn, hinreichend von Überbleibseln der Werbeunterbrechungen gereinigt. Stets in Erwartung von einer leisen Berührung, einem unsichtbaren äußeren Reiz erneut aktiviert zu werden.

Das Standby-Lämpchen. Irrlicht aller professionell oder leidenschaftlich ausweglosen Besorgten, auf das mit allen zur Hand liegenden Fernbedienungen geschossen wird, hoffend, ohne allzuviele Querschläge ins Rote zu treffen, den Jackpot zu knacken. Statt einem Goldregen aus Spielgeld würde sich Wahrheit vor ihren Füßen erbrechen. Aufwischen oder Drauftreten, diese Entscheidung wird dann gerne da gefällt, wo sie am wenigsten zu suchen hat. Doch vorerst gibst Du ihr nach, wider schlechteren Gewissens. Folgst ihr dorthin, wo sie Dich glauben lässt, dass du allein ihr geben kannst, was sie jetzt und über die restlichen Stunden des Tages bei Dir hält.

Doch Seiten später wirst Du sie anflehen.

»Gib mir irgendetwas, das ich hassen kann, einen Busfahrer, den Bodyguard von Freddie Patrol, die Perücke von Tante Emma, das Betthäschen von Onkel Ernst – egal, aber gib mir etwas, dass ich hassen kann, damit es mir leichter fällt; Dich zu lieben. Gib mir mein verdammtes Gedächtnis, was mir die Erinnerung lässt, wer wirklich Schuld an mir ist! Gib mir die Arroganz Deines Ex-Freundes, damit ich endlich jene verachten kann, die ich sonst nur bemitleide. Mach die Fenster auf, treib mir die Winterluft durch die keuchende Lunge, lass mir einmal im Leben noch die Gewissheit, dass ich etwas dafür tun kann, dass Du bei mir bleibst, lass mich einmal im Leben mit einer völlig anderen Stimme reden, als jene, nach der ich nie gefragt hatte. Lass mich endlich wünschen, dass alles so bleibt wie es ist, wenn auch nur für einen Sonntagnachmittag. Lass mich nicht nur daran denken, alles Glück um mich herum zu zerstören, gib mir die Waffen nach denen ich schon als Kind verlangt habe, um den großen Jungs ans Bein zu pinkeln, in die Reifen zu stechen und sie beim ersten Mal auf ihrer Liebsten kräftig einen fahren zu lassen. Gib der Unterlegenen den alles überwuchernden Ekel, der sie verzweifelt seufzend in meine Arme treiben würde, gib ihnen irgend etwas, dass sie glauben lässt, mir sei etwas gegeben, dass Sie an mich bindet: lass mich in der Fernsehwerbung vorkommen, lass mich alles essen, fahren, schlürfen, haben, was bunt ist, rund. Gib mir eine Fernbedienung, die ohne Batterien funktioniert. Statte meinen Blick mit 25 Bildern pro Sekunde aus. Lasse mich auf ewig den selben Weg gehen, die selben kurzen Strümpfe sehen, dem selben Kleidchen nachblicken und den selben mild interessierten Augenpaaren hinterher trauern. Lass meine Phantasien so konkrete Gestalt annehmen, gib ihnen drei Dimensionen, lass sie nicht mehr nur Ahnungen, sondern Tatsachen werden. Damit ich glauben kann, sie in der Macht zu haben, das sie sich jederzeit meinem Willen fügen werden und mein Scheitern auf nichts anderes zurückzuführen ist, als auf meine stählerne Kraft, meine Schwächen zu kennen und sie selbst aus dem freiesten aller Willen in Schach zu halten. Lass mich oh, Lord, taff sein, wie die Frau vom News-TV, lass mich Bilder aus dem brennenden Ländern sehen, lass mich über alles einen Protestsong schreiben, las mich keine Mark daran verdienen, überschreib mir ein Medienunternehmen, das von meinen Taten kündet, gib mir verdammt noch mal sexy Bescheidenheit, verschieb von mir aus alles in unsere Wohnung nur um einen Millimeter, aber lass mich um alles in der Welt nicht dahin zurück, wo wir jetzt gerade sind.

Nimm die Gewürzgurke aus dem Mund, deine Finger aus meinen Ohren, damit meine Klage weniger dumpf und amateurhaft abgemischt klingt. Lass uns alle Erinnerung in Farbe tauchen und vergessen, was schwarz ist und weiß und schimmert und glimmert, anstatt zu scheinen.«

Dann, naja, musst Du Luft holen, sie küsst Dich, zu lang, um es flüchtig zu nennen, zu kurz um nicht zu befürchten, dass es der letzte sein könnte…

Sebastian Kühl

EIN HUT, EIN STOCK

Herr Jemand hatte einen guten Tag gehabt. Einen wirklich guten Tag. Er war ausgeruht aufgestanden, hatte mit seiner Familie in Ruhe gefrühstückt, ein deftiges Frühstück mit Rührei und frischen Pfannkuchen, und war dann zur Arbeit gefahren. Der Tag war überaus erfolgreich gewesen. Und nun war Herr Jemand auf dem Weg nach Hause. Er stand mit vielen Menschen an der Straßenbahnhaltestelle der Linie 20. Die meisten Leute machten mißmutige Gesichter. Herr Jemand war einer der wenigen, die lächelten. Er hatte auch allen Grund dazu, denn er hatte einen wirklich guten Tag gehabt. Bis zu dem Zeitpunkt, als er den grauen Mann sah. Erst hatte er ihn nur aus dem Augenwinkel wahrgenommen. Wie einen Schatten. Nur eine kleine unbedeutende Bewegung, und doch hatte Herr Jemand es bemerkt. Als er sich daraufhin umwandte, sah er den grauen Mann. Er ging durch die wartenden Menschen wie durch Nebel. Herr Jemand lächelte nicht mehr. Was war das? Spielten ihm seine Augen einen Streich? Der graue Mann ging an Herrn Jemand vorbei. Er ging auf die Straßenbahngleise und drehte sich dort, auf den Gleisen stehend zu Herrn Jemand um und sah ihn an. Aber wie konnte er das? Er hatte kein Gesicht! Herr Jemand kniff angestrengt die Augen zusammen. Er wollte das Gesicht, die Augen des Mannes sehen, die ihn förmlich durchbohrten, aber er konnte es nicht. Er konnte die Blicke nur spüren. Kalt und bohrend. Voller Verzweiflung? Die Straßenbahn klingelte. Herr Jemand schreckte zurück. Ungebremst walzte die Bahn über den grauen Mann, riß ihn um, zerteilte und zerriß ihn und machte ihn einem menschlichen Wesen unähnlich. Herr Jemand preßte die rechte Hand vor den Mund. Voller Entsetzen starrte er auf die Reste des grauen Mannes. Die Leute stiegen unberührt aus und ein. Als die Bahn weiterfuhr stand nur noch Herr Jemand an der Haltestelle. Dort wo die Reste des grauen Mannes hätten liegen müssen war – nichts.

Die nächste Bahn kam und Herr Jemand stieg zitternd ein. Was war das? Was war mit ihm geschehen? Vielleicht war es eine Erscheinung gewesen oder nur Einbildung? Herr Jemand fühlte sich nicht mehr so, als hätte er einen wirklich guten Tag gehabt. Als er zu Hause ankam wunderte sich seine Frau, daß er so verschwitzt war. Sie konnte nicht wissen, wie ihr Mann sich fühlte, konnte nicht wissen, daß es der Angstschweiß war. Herr Jemand nahm eine Dusche und ging früh ins Bett, doch die Erinnerung an den grauen Mann ließ ihn erst spät einen unruhigen Schlaf finden. Am nächsten Morgen schienen die Erlebnisse des Vortages wie ein böser Traum. Das Frühstück war wieder herrlich, der Morgen in Berlin sonnig und die Familie fröhlich. Die Gedanken, die in Herrn Jemands Kopf ganz hinten anklopften, um nach dem grauen Mann zu fragen, ließ er nicht ein.

Der Tag verlief glänzend. Eine Gehaltserhöhung stand ins Haus und Herr Jemand freute sich darauf diese Nachricht seiner Familie mitzuteilen. Er machte einen Umweg, um seiner Frau einen Strauß Blumen zu kaufen. Vor dem Blumenladen fiel Herrn Jemand an einem Zeitungskiosk eine Schlagzeile ins Auge: Grauenvoller Tod auf Straßenbahngleisen!

Es durchfuhr Herrn Jemand wie mit einem glühenden Eisenstab. Das Blut schoß ihm ins Gesicht. Er riß die Zeitung vom Ständer und überflog hektisch die Zeilen. Es hatte sich ein Todesfall mit einem Rentner ereignet, der von einer Straßenbahn überrollt worden war. In dem Artikel wurde von einem Selbstmord gesprochen. Der Mann hatte sich in einem weit entfernten Stadtviertel das Leben genommen und doch kannte Herr

Jemand jede Einzelheit, denn er hatte es auf eine unbegreifliche Art gesehen! Es war genauso geschehen wie mit dem grauen Mann… Die Blumen waren vergessen. Herr Jemand ließ die Zeitung liegen und ging zu Fuß nach Hause. Er wollte jetzt nicht zu der Straßenbahnhaltestelle, wollte sich nicht an das schauderhafte Erlebnis erinnern. Als Herr Jemand in seine Friedrichshainer Straße einbog, blickte er hinauf zu dem großen Turmdrehkran, der an einer Baustelle aufgebaut war. Die Bauarbeiter hatten bereits Feierabend, so daß der Rohbau verwaist war. Doch nicht ganz! Oben, unter dem Führerhaus des Krans, sah Herr Jemand einen Bauarbeiter die Leiter hinaufsteigen. Herr Jemand wollte seinen Weg fortsetzen, als er die merkwürdige graue Kleidung und den Stock in der Hand des Arbeiters bemerkte. Der graue Hut, der lange graue Mantel… Es war kein Bauarbeiter, sondern der graue Mann! Herr Jemand blieb wie erstarrt stehen. Der graue Mann kletterte weiter und weiter. Herr Jemand wollte rufen, schreien, doch er brachte kein Wort heraus. Der graue Mann hatte das Gegengewicht des Kranauslegers erreicht. Er stellte sich darauf und breitete die Arme aus, wie ein Vogel im Flug. Der graue Mantel wehte im Wind. Herr Jemand wollte sich abwenden, doch er konnte sich nicht bewegen. Der graue Mann dort oben auf dem Kran ging einen Schritt vor. Nur noch ein Schritt bis zum Abgrund! Halt, gehen sie nicht weiter, wollte Herr Jemand schreien, doch kein Ton kam aus seinem Mund. Noch ein Schritt und der graue Mann fiel, fiel und fiel… Mit einem Krachen durchschlug der Körper die Bretter des Baugerüstes und landete mit einem dumpfen Knall auf dem harten Beton.

Der Kopf des grauen Mannes war aufgeplatzt. Herr Jemand konnte das Gehirn des Toten unter zersplitterten weißen Knochen schimmern sehen. Es hatte die gleiche Farbe wie der Mantel des Mannes. Herr Jemand spürte, wie sein Magen rebellierte. Heiß und brennend kam es ihm die Speiseröhre hinauf und er drehte sich zur Seite und würgte. Eine ältere Frau ging vorüber und sah ihn verächtlich an. Es war nicht zu übersehen, was sie von ihm hielt. Herr Jemand wollte ihr zurufen, daß hier ein Selbstmord geschehen war, dort, direkt neben ihm. Er überwand sich und blickte dorthin, wo der zerschmetterte Leichnam lag. Doch er war verschwunden. Nichts deutete daraufhin, daß eben noch ein blutiger Körper dort gelegen hatte.

Ich bin nicht verrückt, sagte sich Herr Jemand immer wieder, während er den restlichen Weg zu seiner Wohnung zurücklegte. Ich bin nicht verrückt. Ich bin nicht verrückt!

Er brauchte mehrere Versuche, bis er es schaffte, mit zitternder Hand den Schlüssel in das Schloß seiner Wohnungstür zu stecken.

Als er die Wohnung betrat, war er allein. Seine Familie war nicht da. Sie waren wohl noch zum Einkauf. Herr Jemand ließ sich in den großen Wohnzimmersessel fallen und vergrub sein Gesicht in den Händen. Er mußte diese Bilder loswerden! Er nahm die Fernbedienung und schaltete durch die Fernsehkanäle. Doch er merkte nichts davon. Er sah nur den Toten vor sich.

Herr Jemand schreckte auf. Da war doch ein Geräusch im Nebenzimmer! Seine Frau schien zurück zu sein. Herr Jemand sprang auf und freute sich, seine Familie begrüßen zu können, doch als er auf den Flur trat, hörte er nichts mehr. Merkwürdig. Die Tür zum Schlafzimmer stand offen. Herrn Jemand beschlich eine böse Ahnung und sein Herzschlag beschleunigte sich. Heftig atmend ging er zögernd auf die Tür zu und stieß sie schließlich vorsichtig auf.

Sein Blick fiel auf den großen Leuchter, der leicht hin und her pendelnd von der Decke hing. Herr Jemand spürte, wie ihm die Beine versagten. Er fiel zitternd auf die

Knie und starrte mit schreckengeweiteten Augen auf den Rücken des Mannes, der an einem Strick von dem Leuchter herabhing. Die graue Kleidung des Aufgehängten war Herrn Jemand inzwischen vertraut. Ebenso der Hut, den der Tote auf dem Kopf trug. Auf dem Boden lag der Stock des grauen Mannes. Herrn Jemand wurde schwarz vor Augen und er fiel vornüber auf den Boden.

Als er wieder zu sich kam, war der graue Mann verschwunden. Er war ebenso verschwunden wie sein Hut und der Stock. Herr Jemand stand auf. Er ging auf den Flur, zog seine Jacke an und verließ das Haus. Sein Blick war leer. Keine Gedanken. Er ging weiter durch die Stadt. Niemand beachtete ihn. Als Herr Jemand am Frankfurter Tor die Treppen zum U-Bahnhof hinunter ging, atmete er tief ein. Flüchtig gingen ihm Gedanken an seine Familie durch den Kopf, doch als er versuchte sich ihre Gesichter vorzustellen, sah er nur Dunkelheit. Dunkelheit umgeben von grauem Nebel.

Herr Jemand schlurfte gebückt über den Bahnsteig. Er stellte sich ganz dicht an den Rand. Als die U-Bahn einfuhr, ging er einfach nur einen Schritt vor. Es war so einfach. Er ließ den grauen Mann zurück.

Irgendwo, in einer anderen U-Bahnstation sah eine junge Frau nervös auf die Uhr. Sie hatte es mehr als eilig. Wann kam endlich die verdammte Bahn? Als sie aufsah, um nach dem Zug Ausschau zu halten, fiel ihr ein Mann in der Menge auf. Sie blinzelte verwundert. Für einen Augenblick hatte sie geglaubt, daß der Mann einfach durch den Fahrkartenautomaten hindurchgegangen war, doch sie schob diesen Eindruck ihren gestreßten Nerven zu. Der Mann trug seltsame graue Kleidung. Einen breitkrempigen Hut, einen langen Mantel und in der rechten Hand hielt er einen Stock, auf den er sich scheinbar mühsam stützte. Der graue Mann schlurfte leicht gebeugt auf den Rand des Bahnsteigs zu. Er blieb dicht am Rand stehen. Viel zu dicht, dachte die junge Frau. Der Alte soll aufpassen, daß er nicht auf die Gleise fällt. Kaum hatte sie das gedacht, als schon die U-Bahn in den Bahnhof raste. Die junge Frau konnte es kaum fassen, als sie sah, wie der graue Mann einfach weiterging! Bevor er überhaupt auf den Gleisen ankam, klatschte er schon gegen die Bahn. Das Geräusch war ekelhaft und die junge Frau erschauerte. Entsetzt stellte sie fest, daß die Bahn anhielt, als sei nichts gewesen. Der Fahrer mußte es doch gemerkt haben! Die Frau blickte sich verstört um. Leute stiegen aus und andere stiegen ein. Sie ließ sich mit der Menge in den Wagen treiben. Das Signal ertönte, die Türen schlossen sich und die Bahn fuhr weiter.

Die junge Frau stand verloren in der dicht gedrängten Menge und versuchte ihre Gedanken zu ordnen. Als sie ihre Station erreichte und ausstieg, war sie sich inzwischen sicher, daß sie eine streßbedingte Halluzination gehabt hatte. Halb so schlimm. Ihr war zwar noch ein wenig mulmig, aber das würde sicher auch bald vorbei und vergessen sein. Herr Jemand wäre der Einzige gewesen, der ihr hätte sagen können, daß sie sich irrte.

Sabine Küster

DIE SCHWARZE ACHT

Du machst Dich gut am Billardtisch, bist in Deinem Element;
lehnst Dich weit vornüber, fast wie eine Starterin vor dem Hechtsprung ins Wasser.
Es ist das dritte Spiel.
Eine Runde, drei Spiele.
So ist es abgesprochen.
Es steht 1:1.

Deine Gegnerin kann ich nicht einschätzen.
Ich kenne sie nicht.
Du wählst immer fremde Frauen aus.
Du weißt im vorhinein, welche sich auf ein solches Spiel einläßt.
Die Fremde taxiert mich immer wieder von der Seite.
Keine Regung in ihrem Gesicht, welche mich ihr Denken erkennen lassen könnte.

Ich bin der Preis, die Trophäe.
Du spielst um mich.

So Du gewinnst, war es ein Abend mit reizvollen neuen Phantasien.
So Du verlierst, gehöre ich der Fremden für die heutige Nacht.

Du spielst ruhig und sicher.
Lange taxierst du Kugel für Kugel, bevor Du dich entscheidest und mit langsamem Stoß
einen Punkt machst.
Ihr Spiel ist anders.
Sie ist schnell, entschieden; jeder Stoß hart und kurz.

Liebt sie auch so?
Meine Phantasie lockt mich weg vom Tisch.
Ich gehe mit Ihr, der Fremden.
Sie sagt nichts.
Dem Taxifahrer nennt sie eine Adresse, die ich nicht kenne.
Abbruchhaus, Luxusappartement, Loft;
ich weiß es nicht, es spielt auch keine Rolle.
Ich bin nervös; lüstern-nervös, nicht ängstlich.
Bilder von nackter Haut, von schnellem Sex blitzen auf;
feuriges Rot, stählernes Blau.
Sie wird über mir sein, meine Nippel kneten, meinen Bauch lecken, meine Möse weiten,
stoßen, beißen, hinhalten und wieder von neuem…
es wird ohne Worte passieren; wild, heiß, unberechenbarer Rhythmus;
vielleicht verächtlich.

Ein Klacken bringt mich zurück an den Billardtisch.
Es liegen nur noch drei Kugeln auf dem Tisch.
Du hast die vollen; Du bist am Zug.
Die Kugeln liegen so, daß es für Dich nicht schwer ist, das Spiel jetzt zum Ende zu bringen.

Du läßt Dir Zeit; bist auf der Suche nach der besten Position.
Dann läßt Du die erste Kugel langsam in ein Mittelloch rollen; die zweite folgt kurz darauf.
Die schwarze Acht liegt günstig; für eine gute Spielerin wie Dich kein Problem.
Ich kann mein Gefühl nicht orten. Erleichterung oder Enttäuschung.

Ein ruhiger Stoß.
Du richtest Dich auf.
Dein Lächeln ein Siegerinnenlächeln.
Mein Gefühl jetzt Verwirrung pur.
Du nickst der Fremden zu.

Du hast die schwarze Acht absichtlich im falschen Loch versenkt.

MauMau

Haben sie auch Milch in der Brust
fragte der Herr die Dame
Links ein wenig mehr doch es tropft
nicht von allein aber
süß und weiß wissen sie das nicht?
Haben sie auch eine Brust mein Herr
Links ein wenig mehr
Bauen sie Häuser, besaufen sie sich,
zieht es im Rücken oder eher im
Bauch an den ersten Tagen ihrer Regel
Lachen sie nicht, wer weiß das
schon, ich singe beim Duschen
neulich habe ich geweint
Haben sie auch ein Herz
fragte der Herr die Dame
Aber nein, wozu viel zu teuer
bei den Nebenkosten wo denken sie hin
wollen sie mir ein Kind machen?

Du kamst und ich wollte nicht,
ich wollte und konnte nicht, wie
soll ich es sagen, dir zu sagen
du bist da aber ich will und kann nicht
es geht nicht, es war nicht die
Zeit, nein zu einfach, ich weiß
nicht, wir werden spielen, immer
wieder, immer wieder,
spielen ist grausam, aber du
bist da – keine Angst – und nicht
Ich will nicht, es ging nicht, es
war so und vorbei, und nie
vorbei. wir werden spielen, immer.
– Keine Angst –

Master Mindchaos

Friedrichshainer scharfe Beobachtungen

Neonlicht, Zimmerpalme, Spitzengardinchen: Manche Kneipen sind schon eine Parodie auf sich selbst. Im partyverwöhnten Friedrichshain, wo es sogar noch besetzte Häuser gibt, trifft der findige Partyfinder auf die Simon Dach. Bei genauerer Betrachtung muss man feststellen, dass sich dieses unübersichtliche Gebiet auf nicht mehr als eine Strasse erstreckt, der Name wird jetze aber nich verraten, sonst ist's ja nicht mehr szenig. Die Wirte hier, mittlerweile grösstenteils nichtdeutscher Herkunft, verstehen ihr Geschäft. Und das besteht darin, ahnungslose Biertrottel aus Zehlendorf und Umgebung, die vielleicht zum ersten Mal in den Osten kommen, um sich dieses Wunderding namens Simon Dach mal persönlich anzugucken, um hinterher einer der wenigen verwegenen Helden an der Jurafakultät der FU zu sein, der über den Savignyplatz hinausgekommen ist, und sowas steigert ja bekanntlich die Chancen bei den Juristinnen, diese bebrillten Jacketträger, die sich vielleicht sogar ein kariertes Hemd angezogen haben, um richtig szenig zu wirken, für alle Zeiten aus diesen Gefilden zu vertreiben. Die dabei angewendeten Mittel reichen bis zu der mittlerweile weitverbreiteten Praxis, zehn Biergläser abzufüllen und auf Abruf stehenzulassen und dann bekommst du das schalste weil älteste und das ist scheisse.

Aber im legendären Hausbesetzerbezirk kann man noch regelrechte Odysseen erleben. Letztens kam ich aus der Lesung im Cube, wo ich als Gastleser zwar keinen Eintritt bezahlen musste aber zu spät erfahren habe, dass es auch ein Freibier gegeben hätte. Als ob das nicht genug wäre übertraf sich die BVG wieder mal selbst und kombinierte das Tram-vor-der-Nase-Wegfahren mit einem zwanzigminütigen Takt, so dass ich wohl laufen musste. Da ich aber früher am Tag bei einem Workshop zur Entwicklung eines Duschschaumes 150 Glocken verdient hatte, zog ich sogar die Benutzung eines Taxis in Erwägung. So für'n Fünfer oder so. Meine Vermutung, eine innerstädtische Verbindungsader wie die Wühlischstrasse müsste ja um halb zwölf von Taxis nur so gesäumt sein erwies sich als – falsch. Erst langsam dann langsam schneller setzte ich mich in Bewegung und pisste in die in der Knorrpromenade bereitstehenden Vorgärten. Es war arschkalt und dann wurde ich auch noch von einem besoffenen Pärchen angemacht. Von einem besoffenen Pärchen angemacht zu werden bewegt sich in der Skala irgendwo zwischen von besoffenen Frauen angemacht zu werden und von besoffenen Kerls angemacht zu werden. Es ist nicht wirklich angenehm, aber wenigstens auch nicht irgendwie gefährlich. Aber man könnte auch ebensogut drauf verzichten. Ich verkürzte die Diskussion also auf Minimallänge und erspähte kurz vor mir die Boxhagener Strase. Wie kaum anders zu erwarten wurde die Kreuzung, bevor ich sie erreichte, von einer wahren Taxikarawane gefüllt, aber als ich hoffnungsvoll-unbelehrbarer die Hand ausstreckte, bot sich natürlich nichts als der Blick über trostlos-leergefegte Strassen, wie er in Marzahn oder South-Central schlimmer und trostlos-leergefegter nicht sein könnte. Szenebezirk. Alles klar. Suck dick. Als weitere fünf Minuten abermals ein Taxi mich zu necken versuchte wollte ich dann auch nicht mehr. Nein, ich steuerte lieber das beliebte Dezibel an, das ich immer ansteuere um dann fünf Minuten später doch ins Supamolli zu gehen. Aber soviel Stolz muss sein. Hinter der Bar wie immer Chicago Joe, der kommt aus dem Nordkiez. Das ist eine ganz schlimme Ecke von Berlin und deswegen unterhalte ich mich auch gar nicht weiter mit ihm. Ausserdem nöhlt er mich auch gleich voll wann ich die Bierse endlich bezahlen will. Genaugenommen sagt er »eyyyyy micha… sagamal, die, na die, wie heissts doch gleich die Bierse, du weisst schon, da hast du mal getrunken…« aber an diesem Punkt bin ich schon fast im Supamolli.

Bettina Motikat

Plötzlich

Wie ein Stein

Fiel der Schlaf

Durch den Himmel

In den Sand

Nacht.

Ergriffen von Regen und Unfrieden

Bemerke ich menschenflüchtig

Angststaub

Feiner als Luft.

Götz Müller-Zimmermann

DIE ZONE

Draußen gingen zwei Gestalten vorbei, ihre Umhänge flatterten in dem scharfen Wind. Ich lehnte mich hinter dem Mauervorsprung zurück und hoffte, daß sie mich nicht sehen mochten. Was für ein heulender Sturm! Mülltüten fegten die Straße entlang, wirbelten hoch und wurden wieder zu Boden gerissen. Das Licht der Straßenlampen war blaßorange. Die Tropfen, die jetzt herabzufallen begannen, schienen wie gläserne Stäbe vor den Straßenlampen zu sein. Täuschung, murmelte ich, Täuschung, die Augen täuschen sich. Die Hausfassaden waren grau, richtiggehend grau, nur unterbrochen von den Stellen, wo der Putz herabgefallen war und die Ziegelmauern freigab. In dem elektrischen Licht sah alles gleichfarbig aus. Offenbar erinnerte ich mich daran, wie die Straße bei Tageslicht aussehen mochte. Unsinn, sagte ich mir, es gibt keine Erinnerung. Ich war niemals hier bei Tageslicht gewesen. Ich kannte die Straße nicht. Ich hätte auch niemals hierher als Besucher kommen dürfen. Die Ziegelmauer roch feucht. Die zwei waren fortgegangen, zumindest ein paar Häuser weiter. Etwas weiter. Ich wagte nicht, mich vorzubeugen und weiter in ihre Richtung zu sehen. Der Wind trug alle Geräusche fort. Gegenüber war noch ein Fenster erleuchtet. Eines. Irgendjemand ging im Zimmer auf und ab. Es war nur der Kopf zu sehen. Dann verschwand die Person im hinteren Ende des Zimmers. Irgendwann ging das Licht aus. Jetzt ragte die dunkle Fassade wie eine düstere Wand empor. Die zwei Wachhabenden waren verschwunden. Keine Streife mehr. Nichts mehr. Vorsichtig hielt ich mir den Lautsprecher des Funkgerätes an das Ohr. Die beiden meldeten einen umherstreunenden Hund und zwei Drogensüchtige, die offenbar in einer weiteren Toreinfahrt schliefen. Von mir kein Wort. Sie haben keine Polizei hier, dachte ich, nur noch die Streifen des Wachschutzes. Ob es wahr ist, dachte ich, was man sich über diese Zonen erzählt? Die Streifen tragen schußsichere Westen. An der Brücke war die Grenze gewesen. Unterhalb der stählernen Brückenpfeiler. Jeder weiß, daß es eine Grenze ist, eine absolute Grenze, trotzdem fehlen die Posten, es ist nicht mal eine Markierung da, aber man weiß es, ab da ist die Zone. Ein Haus hatte zugemauerte Fenster. Zum Glück hatte mich niemand gerufen. Niemand. Ich kannte die Sprache der Leute hier nicht. Obwohl sie dieselbe Sprache gebrauchten, er kannte die wirkliche Sprache der Leute hier nicht. Alle Worte haben hier andere Bedeutungen und jede Grammatik wird mißachtet. Ich habe jemanden nach der Straße gefragt, hier, und der Typ in dem grauen Plastiksachen zeigte nur mit Daumen in die nächste Straße. Der Daumen zitterte. Ich hatte mich für die Auskunft bedankt. Der andere drehte sich dann wortlos um, zog sich den Umhang über die Schultern und murmelte etwas unverständliches. Dann weinte er. Ich hörte Schluchzen. Dabei habe ich mich verkleidet, mir Sachen angezogen, die ich sonst niemals tragen würde, niemals, damit ich nicht auffalle. Nur reden, reden war nicht drin. Die ID-Marke war hier wertlos, hier konnte man nichts damit kaufen. Hier gab es andere Strichcodes. Vielleicht. Wie hätte man sich denn ausweisen sollen vor den Wachhabenden? Wenn sie überhaupt hätten kontrollieren wollen. Und wenn? Es war kalt. Der Wind heulte und trug Wortfetzen herüber. Die Wachhabenden redeten über ihre miese Bezahlung. Die Streife bestieg ihren Panzerwagen. Sie tauschten mit der verbliebenen Panzerbesatzung irgendwelche Codewörter aus, die sich auf Folgen von Fernsehserien bezogen. Die Fernsehserie war vertraut. Hier sehen sie andere Fernsehfilme, andere, die man nicht abbuchen muß. Motoren wurden angelassen. Es war ein ohrenbetäubenden Lärm. Die zwei Panzer kehrten zurück und fuhren nochmal die Straße entlang. Flutlicht tauchte die Straße in groteskes Weiß. Die Panzer rollten auf unförmigen, riesigen Reifen. Die Unterseite der Fahrzeuge war eigens mit einem zusätzlichen Blech gegen Minen geschützt. Breite Rostreifen zogen sich die Panzerwände entlang. Sie fahren allenfalls in ihren verrosteten Panzern Streife. Allenfalls. Der Sturm bot Sicherheit. Hundertundzehn Kilometer in der Stunde war angeblich die Windgeschwindigkeit. Die Geruchsscanner der Panzer waren nach oben geklappt. Auch Infrarot würde bei diesem Sturm versagen. Und wenn, wenn, würden sie mich für jemanden halten, der gerade in die Hauseingänge pißt, weil er zuviel getrunken hatte. Erwartungsgemäß leuchteten die Panzerfahrer nicht in die Hauseingänge. Wahrscheinlich sehen sie auf den Bildschirmen in ihren Fahrzeugen sich gerade Pornosendungen an. Auf der Rückseite der Fahrzeuge prangte die Aufschrift Securité Basedaal. Wahrscheinlich waren die Panzer sinnlos. Überflüssig. Völlig überflüssig. Es gab nichts zu schützen hier. Sie fahren Streife obwohl die Menschen nicht mehr auf die Straße gehen und sich nicht mehr in die Augen sehen. Dann öffnete ich die Haustür. Der Flur war dunkel. Es roch nach Pisse und Exkrementen. Jemand hatte den Lichtschalter mit Hundescheiße verschmiert. Ich weiß nicht, dachte ich, wie seine Hände das aushalten. Er hatte immer diese schönen, kleinen und doch kräftigen Hände gehabt. Ich habe immer seine Hände geliebt, dachte ich, wenn ich neben ihm gesessen war, habe ich auf diese Hände geblickt, diese schönen und kräftigen Hände. Er war ein kleiner, sehniger Mensch gewesen, einer der einen schönen Lockenkopf gehabt hatte und samtweiche Haut. Mit Hilfe eines Stöckchens gelang es, den Lichtschalter anzumachen. Im Flur stapelte sich Müll. Der Liftschacht war zugemauert. Die Briefkästen teilweise abgerissen. Die Tür zum Hof war offen. Er wohnt im Hof, das wußte ich. Es war drei Uhr in der Nacht. Ich weiß, daß er jetzt bald aufbrechen muß. Seit fast einem Tag war ich nun unterwegs gewesen, hatte zuvor die Übergänge studiert, war immer beiläufig im Auto vorbei gefahren, im Taxi, zu Fuß, immer wieder an der Brücke entlang, obwohl es niemanden gibt, der diese Grenze bewacht. Es ist einfach die Fläche unter der Hochbahn, die die Grenze der Zone markiert. Niemand patrouilliert da. Und obwohl die Grenze theoretisch offen wäre geht niemand, der einmal für immer drüben war, wieder zurück. Für Jugendliche war es schick, das wußte ich, einen aus der Zone zu verprügeln. Aber das war verboten, nicht wegen der Zonenbewohner, sondern deswegen, weil es offiziell die Zonen nicht gab. Auf Stadtplänen waren sie niemals ausgewiesen, oder wenn, dann hatte sie keine Zufahrtsstraßen und auch keine Straßennamen. Wer rübergeht wird aus dem Einwohnerverzeichnis gelöscht. Alle sagen, und das ist das unglaubliche daran, daß es freiwillig geschieht. Es ist ja nicht so, daß es eine Macht gäbe, die die Zonenbewohner, festhielte, nein, freiwillig bleiben sie angeblich da. Sie gehen nicht mehr rüber. Bald, dachte ich, bald, werde ich es wissen. Sehr bald. Viel zu bald. Als ich an dich gedacht habe, wußte ich daß du wohl nicht mehr rüber kommst. Als wir noch Freunde waren, damals vor zehn Jahren, hatte ich mir niemals träumen lassen, daß du einmal drüben wohnen würdest. Das erscheint mir, angesichts der Tatsache, daß es keine Posten gibt an der Grenze und kein Schutz hier vorhanden ist, wie eine phantastische Geschichte zu sein. Irgendwann, so sagt man, fühlen manche, daß sie nicht mehr passend sind. Dann, würden sie sich selber einweisen, obwohl es hier weder Ärzte noch Medikamente gibt. Ich hatte nur gehört, daß du irgendwann deine Koffer genommen hattest und fort warst. Früher gab es angeblich Kommissionen, vor denen man vorsprechen mußte, um sich selbst in die Zonen einzuweisen. Das ist vorbei. Jetzt stand ich da, sah auf die Reihe von Türen, die Einschußlöcher aufwiesen und hörte im heulenden Sturm ein Rascheln, was auf den Bettler hindeutete, der inmitten der Exkremente am Boden schlief. Es stank nach Pisse und Hundescheiße. Die Angst vor den Wachhabenden war dumm gewesen. Ich hätte mich in dem Stadium der Selbsteinweisung befinden können. Wahrscheinlich war aber meine furchtsame Reaktion glaubhaft gewesen. Ich hatte mich ganz im Sinne der Zoner verhalten. War ich denn von Sinnen? Es gab keine Gesetze in Bezug auf die Zone, obwohl sie als solche ja vorhanden war. Vielleicht. Die Panzer hatten drohend gewirkt obwohl sie nicht mir gefährlich sein mochten. Die Besatzungen kontrollieren nicht. Ich werde zurückgehen und schweigen. Niemand redet über die Zone. Obwohl alle immer wieder hingehen. Jeder geht hin zu Besuch. Manche jedes Jahr, jedes Wochenende, manche nur ein oder zwei Mal im Leben. Niemand in der Zone protestiert. Es gibt keinen Protest, jeder weist sich selber ein. Es war unsinnig, daß ich so ängstlich gewirkt hatte. Man kann Filmaufnahmen machen, solange sie nicht offiziell die Zone im Sinne haben. Warum nur war mein früherer Freund dorthin gegangen? Warum? Man sagt, jeder in der Zone ahne sofort, ob einer der frischangekommenen im Stadium der Selbsteinweisung ist, oder nicht. Jeder weiß es. Jeder. Der dort ist. Sie ertragen uns nicht. Angeblich sind wir ihnen unerträglich obwohl mir das seltsam vorkommt. Die Treppe ist abgenutzt und von Schnapsbüchsen übersät. Deine Wohnung ist angeleuchtet. Es ist nur eine Kammer, die kaum größer als eine WC-Zelle zu sein scheint. Sah man von außen. Ich klopfe. Ich höre Atem hinter der Tür. Jemand atmet da und kauert sich zusammen. Aber niemand öffnet. Ich klopfe nochmals und nenne meinen Namen. Ich höre gepreßten Atem. Wir haben uns doch früher gekannt? Gestritten, getrunken und waren zusammen im Organspenderechtsseminar gewesen? Ich höre klirren und ein dumpfes Aufschlagen. Dann ein Humpeln. Ich öffne das Flurfenster. Jemand hastet fort. Ein Arm ist sichtlich verletzt. Blut tropft mit jedem seiner Schritte. Eine Gestalt lehnt sich schmerzverkrümmt an eine Hauswand. Ich rufe und nenne seinen Namen. Marcel! Mühsam schleppt er sich fort. Er sieht nicht auf. Ich ahne, daß es tatsächlich so ist, daß sie sich selber einweisen. Ja. Sie sind dem normalen Leben nicht mehr gewachsen. Die Blutspur, die sich jetzt im Schein meiner Taschenlampe weiterzieht, verliert sich im Dunkeln. Es sind große Tropfen. Ich gehe hinunter. Im Hof sind Tropfen. Sie sind frisch. Das Blut, was ich mit einem Stein wegschiebe, ist noch frisch. Aber ich werde schweigen. Ich weiß jetzt, warum alle schweigen. Die Blutstropfen sind groß. Sehr groß. Zu groß, als daß ich jemandem davon erzählen möchte. Es ist gut, daß über die Zone geschwiegen wird. Ich werde, wie alle, schweigen.

Marion Naujack

HOLZKUH, HERING UND BASECAP

Eine Kleinfamilie verläßt das Haus. Die kräftig gebaute Frau in Jeansklamotten schaukelt graziös wie ne Holzkuh neben ihrem heringsdünnen Schmalverdiener her. Kein Arsch in der Jeans, die Hühnerbrust in Kunstleder verpackt. Neben Vater schlurft der halbwüchsige Klonemann. Zusammengefallene Schultern, Basecap bis über die Ohren. An Mutters rechten Arm wedeln drei schlaffe Einkaufsbeutel mit grünem Öko-Logo. Samaritertown auf Nahrungsfang fürs feucht traurige Wochenende. Unübersehbar, wer in diesem Familienladen die Hosen an und die Kohle einstecken hat. Unübersehbar auch, wer auf der Rücktour das Bier und wer die Verantwortung in die Behausung schleppt.

WEINSTAPELZEIT

Hochsommer. Weinstapel-Zeit. Winzermeile in der Karl-Marx-Allee. Weingüter von Rhein und Mosel lassen Preußens Weinkostverächter edle Weine runterspülen im Sitzen. Am Winzermeilenkopf hängen die süßen Trauben kostspielig hoch. Ein Fläschchen zum Mitnehmen, da ist der naive Kunde schief gewickelt. Leute, früher habt ihr Kartoffeln gebunkert, das ist aus und vorbei. Jetzt wird Winzerwein im Keller gestapelt.

Marxmeilenabwärts schießt die Armut sauer ins Kraut. Spreewaldgurken, Bratwurst aus Thüringen, Info-Mobil-Parade von Altenpflege bis VDK. Kuchen, ehrenamtlich gebacken, das Stück für ne Mark, fünf Groschen der Kaffeebecher. Die PDS verteilt in Tütchen getütete Gummibärchen. Ob rote, kann man nicht sehn. Die weißen Tütchen haben kein Glasnost-Fenster. Am dicken, tristen Ende, vorm Kino Kosmos, hat der Nachwuchs für Rummelgeld seine Riesenchance: Super-Nessi fährt mit der Jugend Achterbahn-Schlitten zur Hochsommerzeit.

Auf Wein folgt Bier im August. Sieger pflastern neue Wege. Wie einst die Festival-Blume sollen Bierblumen aller deutschen und angrenzenden Lande erblühn nach dem Reinheitsgebot auf dem ersten sozialistischen Prachtboulevard. Ein besonderer Höhepunkt des 2. Internationalen Bierfestivals an der Friedrichshainer Karl-Marx-Allee ist die Versteigerung von zehn Pin-Wänden der teilnehmenden Brauereien. Und was mag sich der Bierfestivalteilnehmer an die ersteigerte Pinn-Wand pinnen? Vielleicht ein Girl mit viel oben ohne. Oder die Nummer der Heilsarmee.

Irene Nowack

Frühling im Friedrichshain

Fröhlich lächelnd, mit verschleierten Augen und weißen, wallenden Haaren, kam ein älterer Herr durch das frische Grün des neu angelegten Parks auf den Kiosk zu. Er hatte Probleme bei der Koordinierung seiner Füße, aber sein Ziel war klar. So erreichte er den neu eröffneten Stand, strahlte verklärt in die Runde und zückte mit wurstigen Fingern seine Geldbörse. Endlich klappte auch die Öffnung derselben und jeder konnte sehen, wie übersichtlich das Vermögen des Alten darin geordnet war. Die zwei Groschen purzelten beim schwungvollen Arme ausbreiten heraus.

Ein anderer Kunde, eine Bierbüchse in der Hand, grinste: »Mensch, du wirst den Boden um den Stand rum noch verjolden, Paule.«

Paule schien das nicht zu stören. Er machte keine Anstalten, sich nach dem Geld zu bücken. Sein Kumpel zeigte ihm, wo die Groschen hingerollt waren und bekam zur Antwort: »Man, wenn ick mir jetze bücke, fallen mia nich nur zwee Groschen, sondern mindest fünf Mark aus'm Gesicht.« Paule stützte sich mit einem Ellenbogen auf dem Tresen und blickte sich um. »Schön issa geworden, unsa Platz. Richtig schön jrün un jefleecht. Da steht man jerne hier rum.«

»Na, siehste«, winkte ein weiterer Mann am Kiosk ab, »da lohnt et sich ja, det wa arbeitslos sind. Sonst könnten wa det hier jar nich jenießen.«

Paule schaut ihn erstaunt an. »Bist ja richtig bissig. Man, jetze is hier doch endlich wat los. Kiek mal, die Häuser da drüben – janz toll uffjemotzt. Und endlich helle Farben, und schicke Jeschäfte, wa?«

Der andere zog die Augenbrauen hoch: »Ja, ja – schick saniert allet. Und schick teuer sind jetzt die Mieten. Kannst dir ja sone Wohnung mieten oda koofen. Und in de Jeschäfte kannste mit dene zwee Jroschen och nich gehen. Kiek doch mal, wat da neu uffjemacht hat. Eene Budike für die Tussis, een Visagist…«

Prompt kam: »Wat is'n dit eijentlich?«

Der junge Mann überlegte kurz, drückte seine Bierdose zusammen, und meinte dann: »Na, da jehste mit'n Jesicht rin und kommst mit 'ner Visage wieder raus.«

»Also so richtig wat für unsa eena.«

Die Drei hielten schweigend ihre Gesichter in die Frühlingssonne.

Dann meinte Paule: »Aber schöne Bänke haben se doch uffjestellt. Da könn wia uns ooch ruffsetzen.«

»Ja, det is der Ersatz für Betten, wa? Da könn' wa druff schlafen; na toll!«

Paule winkte verärgert ab und murmelte: »Bist'n oller Meckerkopp. Nischt is jut, wa?«

Da ihm keiner ein Bier spendierte, wankte er wieder in Richtung Park. »Hier hat doch jetzt jeder Freiheit, jeder ist frei.«

Die Männer am Kiosk schauten ihm kopfschüttelnd nach. »Der begreift det nie. Wir sind doch wieder inner Oben-Unten-Jesellschaft gelandet.«

Schon lallend warf der Ältere ein: »Ja, aber grade deshalb müssen wir doch alle zusammenhalten. So wie wir hier uff'n Platz. Und so wie die da drüben, die det Haus besetzt haben und et sich schön jemacht haben. Sind doch ooch arme Schweine – aber die hab'n wat draus jemacht. Und denn, denn kann man ja ooch mit die vom Stadtrat reden…«

»Wie meinst'n det?«

»Na, det wia mal sagen müssen, wat wa brauchen. Zaubern könn' die ja ooch nich, aber vielleicht zuhör'n.«

Skeptisch blickte der Jüngere sein Gegenüber an. »Die Sonne macht euch wohl alle zu Optimisten? Aba hast ja recht, is schon schöner geworden hier. Morjen helf ick wieder beim Uffbau vom Markt. Und denn, mit Moos inne Tasche, sieht die Welt wieder janz anders aus.«

Die Sonne meinte es gut und wärmte Paule und seinem Freund die alten Knochen. Als eine Gruppe Kinder lauthals zum Spielplatz tobte, lächelten die beiden, als gehörte ihnen alles Glück der Welt.

Erika Paschke

HUMBUG

Kühle Herbstsonne leuchtet in die Altlinden der Parkallee, wo am Nachmittag eine Frau neben einem Mann geht. Sie schreitet ehelich eingehakt am rechten Arm ihres Mannes und führt die achtjährige Tochter an der rechten Hand.

Es ist still. Sacht schweben Blätter zur Parkwiese nieder. Vielfarbige Blumen lächeln aus Rabatten. Auch die Frau will lächeln am Sonntag-Nachmittag-Arm ihres Mannes, den sie keinen Augenblick losläßt.

Der Mann schweigt.

Die Frau schweigt.

Die Tochter schweigt gut gezogen.

Der Gelbkies unter ihren Schritten knirscht fein.

Almählich jedoch, in der Nähe des Ausstellungs-Pavillons, wird lachen hörbar, ebenso ausgelassenes Kinderrufen. Und jetzt, hinter dem Wegesaum lachsroter Rosen, geraten die Drei unter viele Leute, welche offenbar auch die Ausstellung sehen möchten. Das ist der Augenblick von dem an die Tochter erwartungsvoll zum Gesicht ihres Vaters aufsieht.

Der blickt geradeaus. Der trägt die Hand seiner Frau auf dem rechten Unterarm. Mit den Lippen hält er die Sonntagszigarre fest. Die Zigarre hat ein langes Aschestück; Zeichen für eine gute Zigarre. Das hat er seiner Tochter beigebracht, so daß die eben einsieht: Er kann nicht antworten. Es ist nicht einfach, die Zigarrenasche über lange Wege zu halten und dabei die Hand der Mutter zu tragen.

Vor der Ausstellungshalle endlich stehen figürliche und nichtfigürliche Skulpturen von hohem und breitem Ausmaß, bei denen manche Leute etwas verweilen. Sie lächeln unsicher, umkreisen das fremdartige Ganze ratlos. Das ist der Augenblick, von dem an die Tochter erwartungsvoll zum Gesicht ihrer Mutter aufsieht.

Die blickt geradeaus. Die neigt ihre Wange jetzt sehr nahe zu Vaters Wange. Die hält sorgfältig ihre Hand auf Vaters Unterarm. Dabei schreitet sie auch noch in den Hochhackigen ohne zu kippeln; Zeichen für eine Dame, die zu gehen weiß. Das hat sie ihrer Tochter beigebracht, so daß die eben einsieht: Es ist nicht einfach, so schön zu gehen über einen langen Weg, man muß eine Dame sein.

Endlich, direkt an der Ausstellungshalle, darf die Tochter von der Hand der Mutter, weil sie nacheinander eintreten müssen. Es hängen an den Wänden Bild bei Bild, Teppich- und Knüpfarbeiten, auch bemalte Wandteller. Auf dem Fußboden stehen Vasen, die leer sind und große Holzkübel, die nicht leer sind, sondern mit Erde und Grünpflanzen versehen. Es gibt in der Halle leblose Köpfe und leblose nackte Frauen und Sachen, für die das Mädchen keine Worte weiß, Sachen, die nach schwerem Eisen aussehen, kugelig und eckig und mit Farbe bekleckst. Eine Sache ist umwickelt mit Stacheldraht, mit Solchem wie im Garten hinter den Himbeeren. Das ist der Augenblick, in dem die Tochter fragen muß nach diesen Sachen; den Vater, die Mutter, egal. Sie fragt laut.

Die Mutter antwortet: Sei still. Reiß dich zusammen.

Der Vater sagt nichts. Er hält hinter seinem Rücken beide Hände aneinander fest und die Zigarre, aber die lange Asche hat er verloren.

Manches Wort kann die Tochter abbuchstabieren von weißen Etiketten an den

Sachen. Akt. Energie. Dämonenrausch. Apokalypse. Aber es kommt der Augenblick, in dem sie fragen muß nach den fremden Worten.

Die Mutter antwortet: Sei still. Reiß dich zusammen.

Der Vater sagt nichts. Er hält hinter seinem Rücken beide Hände aneinander fest und die Zigarre, und die ist ihm nun ausgegangen.

Bald darauf, draußen in der Frische, atmen Vater und Mutter tief ein oder aus oder überhaupt. Dabei bläst der Vater seine Wangen auf. Während Frau und Tochter artig warten nimmt er die Hände vom Rücken und Streichhölzer aus der Jackentasche. Er zündet die Resthälfte der Sonntags-Zigarre an für den Rückweg. Danach legt die Frau ihre linke Hand auf seinen rechten Unterarm und nimmt die Tochter an ihre rechte Hand.

Der Vater hält die Zigarre zwischen seinen Lippen, bläst ab und zu etwas Rauch aus und trägt die Hand seiner Frau nach Hause.

War es heute wieder schade um die Zeit, fragt die Tochter oder war es wieder Humbug? Weil sie wegen der Frage nicht gerügt wird, nimmt sie an Recht zu tun, wenn sie zeigt, daß sie Vaters Sätze nicht vergißt.

Nina Pohl

OBEN OHNE

ohne besonderes Getue
ohne Hüftschaden
ohne die Möglichkeit
einer herzzerreißenden Nacht
ohne die Traurigkeit danach
ohne blödsinniges Rumgegackere
ohne sorgsame Streicheleien
der Nackengegend
ohne Lendenwirbelsäule
& diverse Nebengeräusche
könntest du den ganzen Rest
schlichtweg vergessen

AUGENFISCHE

Du hast schöne Augen Clara.
Schwimmen im fettigen Unterholz im Seetang.
Dein Blaukraut riecht nach brauner Erde.
Nur der Essig erinnert an den Geschmack feuchter rissiger Kohlrippen. Durchgeschürft
mit dem Messer zu beiden Seiten der Brandung.
Branntweingeruch & Essig. Das ist es was ich nicht leiden mag. Die Karpfen werden blau
davon. Blaugeäderte Halsmaserung wenn der Kragen enggebunden schwitzt.
Streng dich nicht so an bei der Durchtrennung der sehnigen Knorpelmuskulatur.
Fische haben keine Knochen. Die brauchen ja bloß schwimmen Clara.
Klar nehm ich noch einen.
Dreh bloß nicht deinen Kopf höher wenn die Locken zwinkern.
Deine nackten Halspartien irritieren mich trotz der blauen Äderung der Muster in denen
ich leicht Tiere erkennen kann & verschiedene Märchengestalten:
Verhutzelte Weiblein mit Körben auf der Suche nach dem Seelenheil.
Eine Windsbraut & die sieben Schwäne mit Kronenköpfen vorgereckt.
Räuberhauptmann Kruzifix die Möwe Leila & noch modernere Leute.
Sogar dich Clara wenn ich noch höher schaue.
Aber ich versinke wieder in der blaubraunen Soße deiner Mandelschalenaugen.
Klapp den Deckel zu Clara. Es ist genug für heute.

70

Frank Randa

DIE AUFERSTEHUNG DER SPINNE
ISABELLA TARANTELLA

Es ergab sich, daß die Spinne Isabella Tarantella nach der Kältestarre dieser Nacht nicht wie sonst, sondern als ein Mensch, als richtiger Mensch das Licht des neuen Tages erblickte… Freilich wäre es leichter zu erklären gewesen, wenn sie zu einer Heuschrecke oder einem Schmetterling geworden wäre. Aber ein Mensch, das war schon unerhört!

So fand sie sich denn in ihrer neuen Gestalt in einem kuppelartigen Gewölbe wieder. Nein, eine Höhle konnte es nicht sein. Denn hier gab es eine Menge großer Fenster aus vielfarbigen Glasstücken zusammengesetzt, die mit dem pastellenen Dämmerlicht, das sie einließen, diesem Morgen einen Hauch von Erhabenheit einflößten.

An den Wänden dazwischen hingen Bilder und wo nicht, waren bemalte Leinwände von oben heruntergelassen oder die Wände einfach so auf dem blanken Stein bemalt. Auf einigen Bildern waren kleine Menschen zu erkennen. Sie hatten gekräuseltes, kurzes, helles Haar und kaum was an. In den Händen hielten sie etwas Gebogenes, mit Fäden Bespanntes. Und eine größere Menschenfrau mit gütigem Blick und langen Haaren paßte auf sie auf.

Einigen von ihnen waren weiße Flügel aus den Schulterblättern gewachsen. Doch die fehlten bei Isabella eigenartigerweise. Auch konnte sie noch ein paar Sockel erkennen, auf denen einzeln so allerlei stand. Ein blinkendes Etwas wie die Sonne so golden. Ein langer Knauf, aus denen drei Stengel sprossen, auf die drei weiße, weiche Stangen gesteckt waren, deren Enden immer ein zartes Flämmchen zierte. Oder auf einem anderen Sockel hatte man ein kleines Becken in der Farbe der Mondsichel hingestellt.

Der größte Teil des Gewölbes war aber mit langen hölzernen Gebilden vollgestellt, auf denen man ganz gut sitzen konnte. Auf einer festgeknüpften Matte konnte man durch eine schmale Gasse zwischen den Sitzgelegenheiten zu einer freigelassenen Fläche gelangen, die durch ein paar Stufen von der ebenen Erde etwas abgehoben war.

In der Mitte dieses Platzes war ein Pfeiler in die Erde eingelassen und etwa ein Drittel unter der Spitze des Pfeilers war noch einmal ein Pfahl befestigt, aber waagerecht. An diesem waagerechten Pfahl hielt sich ein Mensch fest und sein Kopf, sein Körper und seine Beine verdeckten den senkrechten Pfeiler ein Stück. Es war kein richtiger Mensch. Er war genau so unwirklich, künstlich, wie alles hier erschien.

Doch sollte er wohl irgendetwas darstellen.

So nahm Isabella Tarantella ihre Umgebung jetzt als Menschenwesen wahr, die sie als Spinne schon erlebt hatte. Denn ihr Spinnennetz dürfte, wenn sie nicht irrte, sich an so einem bunten Fenster befinden.

Sie wußte nicht, wie sie über ihre Umgebung befinden sollte, aber als das Merkwürdigste und Imposanteste fiel ihr hinter den zusammengefügten Pfählen mit der Menschenpuppe etwas auf, als sie – erstmals in ihrem Leben überhaupt – eine eigenartig harmonische Vibration, die die Luft erfüllte, wahrnahm. Es waren Töne. Und was das für Töne waren!

Tausende gleiche und verschiedene Töne stieben, tobten, hasteten, ächzten und tanzten auf und ab, so daß es ihr vorkam, sie befände sich auf einer großen, grünen Frühlingswiese mit bunten Blumen; mittendrin im Gewimmel mit ihren vielen Artgenossen und den anderen Wiesenbewohnern. Die Klänge kamen aus einem in Holz eingefaßten Monstrum. Es nahm die ganze Wand ein.

Das Eigentümliche daran war, daß dies Ding, aus dem die Töne kamen, aus vielen Röhren bestand: großen, mittleren und kleinen. Die großen, jeweils sieben an beiden Seiten, unten spitz, wie in den Boden gerammt; etwas kleinere in der Mitte – im Bündel zu dreimal sieben Röhren. Die ganz kleinen thronten ganz oben in dem Holzkasten und spieen die hohen Töne aus.

Es kam ihr in den Sinn, daß die Bögen mit den darüber gespannten Fäden, welche die kleinen Menschen auf den Bildern in der Hand hielten, ja auch zum Klingen gebracht werden könnten. Jedenfalls hatte sie so ein unbestimmtes Gefühl von früher, wo sie noch kleiner war und noch spinnend an einem Baum bei diesem Waldsee hauste, als der Wind ihr durch die Fäden strich.

Sie begann sich wohlzufühlen und schloß die Augen. Da schwoll die Musik zu einem infernalischen Lärm an, wie hundertfaches Sirenengeschrei, daß es Isabella die Augen aufriß. Ob sie auch schrie; vielleicht; es war nicht zu hören.

Da waren denn auch an den zwei Seiten nicht mehr die großen Röhren, sondern auf einmal waren da Reiter in diesem Riesenregal und hatten stillschweigend die Spitzen aus der Erde gerissen und es prasselten zwei mal sieben Speere auf Isabella herab. Als dies geschehen, klappten die mittleren Röhren hernieder und Isabella Tarantella war einem Kugelhagel aus kleinen Steinen ausgesetzt, die unentwegt aus den mittleren Röhren in ihre Richtung peitschten.

Es hatte sie schwer getroffen unter die Kuppel geworfen. Sie starrte auf eine auf die gewölbte Decke gemalte Sonne. Aus ihr schossen urplötzlich sengende Flammenstrahlen hervor und umzüngelten Isabella. Die Strahlen brachen sodann aus ihrer Dimensionalität aus und wurden zu festen, dicken, saugend-packenden Krakenarmen. Sie packten Isabella und Isabella schrie: »Wenn Ihr mich nicht wollt, warum habt ihr mich denn erschaffen!« Die Krakenarme ignorierten ihren Einwand, quetschten ihren Körper und rissen sie hoch und nieder, daß ihr die Sinne schwanden und Isabella wurde zum Schluß zur Wand mit den vielen blinkenden und funkelnden Röhren geschleudert. Ein Aufprall hätte ihr wohl die letzten Knochen gebrochen, wenn sich nicht die kleinsten Röhren in die spitzen Zähne einer wilden Bestie verwandelt hätten. Diese Zähne schnappten nach ihr, und sie wurde mit Haut und Haaren verschlungen.

Nach dieser Verschlingung fiel sie auf eine weiße, runde Höhle zu, in der es außergewöhnlich kalt war und beim Aufschlagen ihres Körpers zerklirrte ihre Haut wie Glas am Boden.

Sie starrte - schon lange bewegungsunfähig - auf die kalten, kahlen weißen Wände und es huschte ein Lächeln über ihr furchtbar entstelltes Gesicht. Das zuckte zwar entsetzlich, denn hier war es höllisch kalt, und sie hatte martialische Schmerzen auszustehen, aber sie lächelte wirklich. Sie sah nämlich solch kleine Menschenfiguren, wie sie sie auf den Bildern gesehen hatte und sie trugen Bögen in der Hand. Sie bewegten sich und kamen von allen Seiten. Kein Zweifel: Die kleinen, lockigen Menschen kamen, um sie zu retten. Doch mit jedem Schritt, den die vielen Kleinen näher kamen, wuchs ihre Verwunderung. Diese Wesen sahen nämlich gar nicht freundlich aus, sondern sie strotzten nur so vor sadistischer Mordlust. Auch die Bögen, die sie in den Händen hielten, unterschieden sich etwas von denen auf den Bildern. Hier war nur ein Faden über den Bogen gespannt und war das eine Fiedel, wie sie die Grillen bei sich trugen?

Der Troß stoppte. Die Zwerge spannten ihre Bögen, und die feuerten ihre Pfeile auf die sich krümmende Isabella ab. Ein Gefühl ließ Isabella verspüren, daß sie mittlerweile sieben Tode gestorben ist, aber immer noch nicht tot war. Ein grollendes Gelächter ließ hernach alles, was noch an Lebenssaft in ihr war, erbeben und Eisbrocken von den Wänden auf den Boden poltern. »Wer bist Du, daß Du mich so quälst? Ich bin ein Mensch!« schrie Isabella abermals. »Und ich bin das Leben!« tönte das Grollen zurück und trollte sich kichernd. Isabella blieb fassungslos liegen.

Johannes Rinke

TAGLIED

beginn der aushäusigen stunde

taubenblau
abgehalftert die ausschüttungen
der staubgestirne unterm tagessaum

alles anfang. allerorts
ein murmeln im spalt der schatten
als sei's ein versäumnis gewesen
als gäb's die berichtigung – doch noch

im trotz der aufgekündigten gegenwart
beginnt allerorten
die vorsorglich genullte stunde

UNVERSTANDENES UFER

am plock trudelt das boot vor sich hin
und nur tastenderweise wagt sich eine welle vom holz
unerreichbar: die gräser
die doch so nahe sind wie poren der sonnenhaut

Judy Ross

WIE IN EINEM IRRENHAUS

Ich wollte eine Bescheinigung, ein Formular von ihr
als ich sie sah war sie gerade beschäftigt
mit einem abstrahierten Kerl
in gelb und rot
Als sie mich sah wurde sie ungehalten
eins der Telefone klingelte
und ich ging ran
wie konnte ich nur
verschwand auf den Gang
ich betrat das Sekretariat und erfuhr,
wie eine alte Schulfreundin einen Job bekam
ich freute mich für sie, wo ich doch wußte, daß sie eh nie wieder kam
bewarb ich mich für ihren Stellvertreterplatz.
Wie konnte ich nur?
Aus unerfindlichen Gründen entledigte ich mich ungeschickt meiner Kleider
und stand nackt vor meinen neuem Arbeitgeber
als plötzlich Mutter Beimer versoffenen eintrat
und schimpfend wieder hinaus.
Ich sollte Heftzwecken besorgen
und mir wurden ein paar Pfennige zugeworfen.
Die Nacht war hereingebrochen
Ich bekam einen Schlafraum zugewiesen
allein ging ich den Gang entlang
wie in einem Irrenhaus
links und rechts Türen
an den Türen kleine Fenster
das 1. Zimmer war schmal und kalt
in 2 Gitterbetten schliefen Säuglinge
5 Uhr 30
im nächsten Zimmer saßen 2 Krankenschwestern vor eine flackernden Box
die aussah wie eines der ersten Radios
es stand auf einem runden Tisch,
die Frauen unterhielten sich leise
überall verstreut lag Zeug rum: ein Locher, Papiere und andere Haushaltsgeräte
ich ging weiter
einige solcher Räume folgten
der Gang war lang und breit
der letzte Raum war riesengroß
alte anscheinend verrückte Menschen saßen am Tisch oder standen rum
5 ungefähr

DAS SPIEL

Gekachelt die Wände gekachelt der Boden
übersät mit klebrigem Dreck
Eine typische Bahnhofskneipe mit ihren schrägen Gestalten
alte Männer mit dicken Bäuchen
gierige Blicke
Die versammelte Mannschaft der Trinker, Spinner, ominösen Nichtsvonalledem richteten
ihre Blicke auf mich
anzüglich mit Nachdruck und voller Gewalt
versuchte man mich zu erinnern
an leidige Regeln
Pflichten
Keine Ahnung welches Spiel gespielt wurde, jedenfalls keines was mir gefiel
Die Männer wurden immer zudringlicher
Ekel machte mich beklommen
Gegenüber der rustikalen Theke befand sich eine Toilettenschüssel
leicht erhöht
Nicht ohne Scham
verrichtete ich mein Geschäft
während die besoffenen Herrn neugierig auf meine nackten Schenkel starrten
Die gesamte Situation war so widerlich, daß ich die Flucht ergriff,
nachdem auch noch das Klo überfloß
Meine nächste Begegnung war ähnlich
Diesmal unter freiem Himmel bedrängte mich ein blonder Mann
im Trainingsanzug
Er betäubte mich mit türkischen Süßigkeiten,
um mir dann gleich Vorhaltungen zu machen
wie zuvor
das widerwärtige Thekenvolk
Benommen rannte ich wieder fort
Rache, Wut und Angst trieben mich in ein idyllisches Landschulheim
betrat das Foyer
eine bombastische Halle aus weißem Stein
Brodelnd vor Wut stand ich mitten in diesem schönen Raum
war nicht allein
kleine Gruppen beugten sich geschäftig über Papiere Regelwerke und der gleichen
mit dahin gekritzelten Worten
wieder war ich der Eindringling
war so unsicher
meiner Wut nicht gewachsen
Ich stürmte das nächstliegende Zimmer und platzte in eine vor Mitgefühl triefende
Diskussionsrunde Verständnis, Kaffee und Kuchen und pensioniertes Lehrerpersonal
Ohne Vorwarnung ging ich zum Angriff über.
Ein Mädchen, mein Opfer sozusagen, begann zu schrumpfen bis auf ihren Kopf,
der sich selbst in Klarsichtfolie wickelte

Ich rannte
Ich rannte gehetzt durch die Stadt
meinen Kopf voll mit verletzenden Szenen
Bildern, wie meine Freunde bei einem altem Ehepaar einkehren
sich bei Schnee und Tee
ihrer Schadenfreude ergötzend
Sehe ganz klar
das große Wohnzimmer in braunen Tönen
vom Kordsofa bis zur Tapete
und mittendrin das schallende Gelächter
In Gedanken betrete ich einen Laden
Die Bedienung wirkt wie eine computergenerierte Barbiepuppe
Die Regale aus Segeltuch überladen mit Prospekten und Büchern
über dieses allzu merkwürdige Spiel

Cora Roth

DER VATER IST UNTER DEN ZUG

vorher haben ihn die leute noch wurstsemmel essen gesehen, in der mittagspause. weißt du, ich hab sie schon auch so gekannt, wie ihr der ganze unterkiefer gezittert hat, in den heulkrämpfen. am schluß hat sie nur noch geschlafen. am sonntagmittag im pyjama in der küche kaffee trinken. und ich sag noch, paßt dir gut, die haare so kurz. dabei fand ich's furchtbar. sie hat gelacht. danke, kann ich die milch... immer hat sie gelacht, das war's ja, was die sache so unfaßbar macht.

am montag war die totenwache. ich gehör nicht dazu, ich will nicht. aber soll ich den hans und seine mutter da ganz alleine stehen lassen. frank hat ein schlechtes bein, aber ich. ich kenn die leute nicht einmal, die mir das beileid wünschen. ich laß die tränen einfach laufen. dabei hab ich sie gar nicht so gut gekannt. die paar mal, die wir gesprochen haben. am samstag, am nachmittag.

eigentlich find ich sie ganz nett. deine schwester, aber sie redet mir zuviel. später hat sie dann gar nichts mehr geredet, da war sie ja auch wieder so depressiv. wie oft sie schon in so ein tief gekommen ist, weiß ich nicht, vielleicht hans, auf jeden fall ist sie einmal platschnaß nach haus gekommen, da hat sie dann auch mit ihrem freund schluß gemacht. hans meint, damals wär sie in die ill, aber ihr freund hat von dem nichts wissen wollen. später sind die beiden dann doch wieder zusammengekommen. schweigsam und fingernägelkauend. ihm darf man keine vorwürfe machen. so ist das, ist man selber depressiv, kriegt man eine depressive freundin. das stammt von hans.

he, moment mal. soll das heißen, daß ich depressiv bin? weil ich mich in den hans verliebt hab?

seit hans tabletten nimmt, hat er keine lust mehr wegzugehen. alkoholverbot bei antidepressiva. was soll ich denn da, den leuten zusehen, wie sie sich zuschütten? bei der sabine war's auch so, die hatte auch keine lust mehr wegzugehen,

weil sie nämlich am schluß in der stickerei gearbeitet hat und das niemand sagen wollte. einmal war ich sogar dabei, wie die maria sie begrüsst hat. hoi, die fabriklerin kummt. kindergärtnerin wollt sie werden. aber sie konnt halt keine verantwortung übernehmen, sagen die leut. jeder muß verantwortung übernehmen, nur die kranken nicht. wenn's nach der verantwortung geht, dann muß die ganze familie krank sein. der mann von der tante zum beispie ist einmal mit dem messer ganz wild geworden. sie hat geglaubt, jetzt macht er ihr ein ende, ist schnell zur küchentür hinaus und hat den schlüssel umgedreht. erst als er endlich ruhig war, hat sie aufgesperrt. der soll auch depressiv gewesen sein.

eine woche bevor die sache mit der sabine passiert ist, hat die maria, die mutter von der maria, das grab vom vater auflösen lassen. aber sie haben dann doch den gleichen grabstein wiedergekriegt. bis jetzt steht dort noch ein holzkreuz, geboren 75- gestorben 95, und viele sonnenblumen. wir sind mit den fahrrädern los und haben im ganzen dorf in den gärten und am wegrand samen gestreut.

aber die winde tragen kein schweigen
manchmal träume ich
meine traurigkeit anderswo vergessen

der apfelbaum steht jetzt beim pfarrer hinterm haus. jeden tag hat die sabine in der pause einen apfel gegessen. die maria wollte nicht noch einen apfelbaum im garten, da hat man so viel fallobst. aber geweint hat sie dann doch, wie sie den blühenden baum gesehen hat. am tag, als das begräbnis war, da war das wetter wie ein hohn, so traumhaft. wir waren so überdreht an diesem tag, daß der hans und ich nach dem leichenschmaus in die baggerlöcher gefahren und nackt ins wasser gehüpft sind.

am abend liegen wir aneinander mit der wärmeflasche. und weinen wie kleine kinder. ich hab ihn verlassen. als es ihm schlechter ging. ich war überfordert. ich hab das nicht mehr ausgehalten. ich brauch selber jemand, der mich mitzieht. zwei depressive, das hast du ja bei deiner schwester gesehen, wie das endet. ich hätt mich gar nicht in dich verliebt, wenn ich nicht selber ein bißchen verliebt wäre. und er, was sagt er: ein bißchen depressiv! entweder man ist's, oder man ist es nicht. man kann auch nicht ein bißchen schwanger sein. aber das mit dem schwanger sein, das hätt echt sein können.

der hans, der hat gleich viel glück in der liebe gehabt in der zwischenzeit wie ich. später hat man dann das tagebuch von der sabine gefunden. whow. das hätt ich ihr gar nicht zugetraut. für das, daß sie am schluß in der fabrik gearbeitet hat.

Sabine von Sarnowski

deine augen –
ein mandelblütentraum
deine haut –
wie pfirsichflaum
du bist mein schmetterlingsrausch

milliarden federzarter flügelschläge,
die mein herz im gleichklang schlägt
und mit jedem auf und ab dir zuflüstert
ich bin so wild nach deiner nackten haut,
nach deinem steifen schwanz
und deinem blutorangenmaul

ich wünsche dein starker männerduft
bliebe für immer in mir hängen
wie fettgeruch an imbissständen

und wenn ich dich liebe,
was geht es dich an?

sie küsst die luft
wie ein fisch das wasser
und stellt sich dabei vor,
er zöge endlich ab

aber da kommt er schon und fragt,
ob sie gern weiche eier mag
und ob sie lieber tee statt kaffee trinkt.

kurz darauf ist er wieder da,
bringt blumen, brötchen, milch und marmelade,
vergisst die eier und glaubt,
er sei der tollste mann auf erden.

martini mit eis und zitrone
bier aus der flasche
weißer kombi im apfelhagel
martinifeuchtes armaturenbrett
nebel von innen
wo sind meine schuhe?
kratze blutig im vorüberfahrn.

in der morgensonne des vergangenen tages
greift seine hand benommen nach der sonnenbrille

wer ist die frau in seinem bett?
vielleicht verhilft der laue rest jim beam
gegen das trommelfeuer in seinem kopf
oder erinnert wenigstens an das gefühl von letzter nacht?

vor ihm baumeln die dunkellila tulpen
die aldi in letzter minute noch übrig hatte
langsam ihrem ende entgegen.

im licht der aufgehenden blutorangensonne,
die sich langsam über die welt ergiesst
schimmern sie schwarzbläulich violett,
wie schlafende mistkäfer in aspik.

er dreht sich um
und muss zu seinem entsetzen feststellen,
dass er hansi, seinen dreibeinigen goldhamster
(das vierte fusionierte vergangene woche mit dem laufrad)
mit der unbekannten neben ihm
zu tode geliebt hat

er setzt die sonnenbrille wieder ab,
würgt den jim beam heraus,
verkriecht sich unter seine bettdecke,
tagträumt vom schlafen
und wünscht sich nichts sehnlicher,
als nie wieder aufwachen zu müssen.

DIE AUTOREN

Da die hier abgedruckten Texte meist nur ein kleiner Ausschnitt aus dem Schaffen der Autoren sind, haben wir hier jeweils eine Kontaktadresse angegeben, damit Sie sich bei besonderen Interesse für einen der Autoren direkt mit ihm /ihr in Verbindung setzen können.

Daniel Emerson Aldridge
> * 1966
> Weichselstraße 20
> 10247 Berlin

Hyazinth Ebner
> * 1973

Inka Engmann
> * 1976
> Corinthstraße 57
> 10245 Berlin

Markus Epha
> * 1965
> Skalitzer Straße 74a
> 10997 Berlin

Roman Fehr
> * 1974
> Grünberger Straße 60
> 10245 Berlin

Silke Galla
> * 1974
> Wisbyer Straße 69
> 10439 Berlin

René Galle
> * 1972
> Warschauer Straße 77
> 10243 Berlin

Katrin Girgensohn
> * 1971
> Koppenstraße 26
> 10243 Berlin
> www.schreibreisen.de

Joachim Goertz
* 1956
Friedenstraße 1
10249 Berlin

Anna Katharina Hahn
* 1970
Finowstraße 19
10247 Berlin

Anne Helmer
* 1972
Rotherstraße 29
10245 Berlin

Andreas Hergeth
* 1966
Hausburgstraße 7
10249 Berlin

Patrick Hofmann
Marchlewskistraße 77
10243 Berlin

Vera Hohleiter
* 1979
Jungstraße 12
10247 Berlin

Julia Jarque y Jörg
* 1979
Warschauer Straße 58
10243 Berlin

Joachim Joos
Grünberger Straße 65
10245 Berlin

Steffen Kassel
* 1965
Scharnweberstraße 4
10247 Berlin

Gregor Koall
* 1972
post@gregor-koall.de

Ralf Krämer
Finowstraße 25
10247 Berlin

Sebastian Kühl
Warschauer Straße 76
10243 Berlin

Sabine Küster
Simon-Dach-Straße 9
10245 Berlin

MauMau

Master Mindchaos
* 1978
micha@schwuleaffenkacke.de

Bettina Motikat
* 1972
Tel. 030-478 53 76

Götz Müller-Zimmermann
* 1960
Seumestraße 27/28
10245 Berlin

Marion Naujack
* 1941
tatinka78@gmx.net

Irene Nowack
* 1951
Gubener Straße 9
10243 Berlin

Erika Paschke
* 1930
Singerstraße 83
10243 Berlin

Nina Pohl
* 1963
Schreinerstraße 12
10247 Berlin

Frank Randa
* 1964
Straßmannstraße 42
10249 Berlin

Johannes Rinke
* 1966
Kopernikusstraße 35
10243 Berlin

Judy Ross
* 1978
Gubener Straße 37
10243 Berlin
judy22@gmx.net

Cora Roth
* 1976
Grünberger Straße 60
10245 Berlin

Sabine von Sarnowski
* 1977
heiratemich@gmx.de

Friedrichshain tut gut!

Reisen Sie nach Friedrichshain!

Mit Recht ist man im Stadtbezirk besonders stolz darauf, daß Berlin-Friedrichshain im Wettbewerb des Nationalrates der Nationalen Front der DDR „Schöner unsere Städte und Gemeinden – Mach mit!" 1977 als bester Stadtbezirk der Hauptstadt ausgezeichnet wurde.

In Friedrichshain ist die Gastlichkeit zu Hause!

Weitere Informationen und individuelle Beratung für Ihren Besuch erhalten Sie von unserem freundlichen Team!

www.friedrichshainfirst.de   www.expo3000.org

87